INCURABLES

Relatos de dolencias y males

ARS
COMMUNIS
EDITORIAL

INCURABLES

Relatos de dolencias y males

Oswaldo Estrada
Editor

ARS
COMMUNIS
COLECCIÓN RIOLAGO

INCURABLES
Relatos de dolencias y males

Oswaldo Estrada
Editor

ISBN 13: 9780997289091

Library of Congress Control Number: 2020933016

www.arscommun.com

Foto de portada: Luis Carrasco Llopis
Diseño de portada: Luis Carrasco Abad
Diseño general: Franky Piña

Y, desgraciadamente,
el dolor crece en el mundo a cada rato,
crece a treinta minutos por segundo, paso a paso,
y la naturaleza del dolor, es el dolor dos veces
y la condición del martirio, carnívora, voraz,
es el dolor dos veces
y la función de la yerba purísima, el dolor
dos veces
y el bien de ser, dolernos doblemente.

CÉSAR VALLEJO

ÍNDICE

MALES CRÓNICOS

INCURABLES

INTRODUCCIÓN

Dolencias y males en la ficción latinoamericana de Estados Unidos

En el *Tesoro de la lengua castellana o española* (1611), nuestro primer diccionario, Sebastián de Covarrubias define la dolencia como enfermedad, y ésta como la indisposición.[1] La palabra enfermo proviene del nombre latino *Infirmus, "quasi non firmus, imbecillis, debilis, languidus"*. Enfermar, por lo tanto, "es caer malo", y el enfermizo es "el valetudinario que trae la salud muy quebrada y cae muchas veces en la cama, que por otro nombre llaman achaquiento". A lo largo de la historia, las dolencias y males siempre han producido prejuicios, miedos, pánico. Hay males visibles e invisibles, crónicos o pasajeros, tratables o incurables. Y éstos nos acechan a lo largo de la vida de manera física y emo-

---

[1] Covarruvias Orozco, Sebastián de. *Tesoro de la lengua castellana o española*. 1611. Edición de Felipe C.R. Maldonado. Revisada por Manuel Camarero. Madrid: Castalia, 1995.

cional. Están siempre presentes, incluso en muchas de nuestras expresiones cotidianas. Cuando alguien nos cae mal, decimos que tiene mala sangre. O malos hígados. O mala entraña. Ante la catástrofe solemos decir que nos duele el corazón o el alma. Explicamos la ausencia o la pérdida en términos de alguna discapacidad. Y los síntomas del amor, como la agonía, los celos y la angustia, asociada a la espera, los deseos y la pasión, se parecen demasiado a los de la enfermedad.[2] Nadie mejor que Florentino Ariza, en *El amor en los tiempos del cólera* (1985) de Gabriel García Márquez, para ejemplificar esta situación desde el realismo mágico.

No exagera Susan Sontag cuando afirma que la enfermedad es el lado nocturno de la vida, esa ciudadanía peligrosa que en el momento menos pensado nos obliga a pasar del reino de los sanos al mundo de los enfermos.[3] Sontag se refiere en particular a la tuberculosis, el cáncer y el sida, pero la idea de las enfermedades que entran sin llamar a la puerta, como invasión despiadada, bien podemos aplicarla a otros males, epidemias y pandemias, desde la Peste Bubónica, el sarampión, la sífilis y la viruela hasta el cólera, la gripe española, el Ébola y el coronavirus de nuestros días. En todos estos casos, el miedo al contagio, a la propagación del mal, o a padecer ciertas dolencias y mostrar una serie de síntomas, propicia el uso metafórico de la enfermedad. Es un miedo que extenúa, debilita y degrada, precisamente porque refleja la ansiedad de estar expuesto, en peligro, bajo amenaza.[4]

---

[2] Barthes, Roland. *A Lover's Discourse: Fragments*. Translated by Richard Howard. New York: Hill and Wang, 1978.

[3] Sontag, Susan. *Illness as Metaphor and Aids and Its Metaphors*. New York: Doubleday, 1990.

[4] Bude, Heinz. *La sociedad del miedo*. Traducción de Alberto Ciria. Barcelona: Herder, 2017.

El cuerpo, al fin y al cabo, es, en palabras de Michel Foucault, el lugar de origen y distribución de toda enfermedad. Antes de removerse de la densidad del cuerpo, la enfermedad se organiza, se divide en tipos y familias, géneros y especies. Es en el cuerpo mismo donde la enfermedad se observa con detenimiento para establecer divisiones, similitudes, paralelismos. Esto crea una imagen visual de la enfermedad. A partir de entonces, el cuerpo doliente o enfermo se enfrenta, inevitablemente, al lugar de la percepción.[5] Lo difícil, claro, es la imposibilidad de nombrar el mal. Más aún cuando éste invade las zonas menos visibles de nuestros cuerpos. "Yo no estoy completo de la mente", escribe un indígena cachiquel en la novela *Insensatez* (2004) de Horacio Castellanos Moya, para explicar su profunda perturbación mental tras presenciar el asesinato de su familia.[6] Y de inmediato entendemos su dolor.

Los cuerpos enfermos en la literatura, como aquellos que son inusuales o discapacitados, siempre tienen algo que decirnos, en tanto que su diferencia, rareza, anormalidad o monstruosidad reflejan aspectos escondidos de nuestra condición humana.[7] El monstruo, por combinar lo imposible y lo prohibido, provoca reacciones violentas, actitudes opresivas, cuidados médicos o lástima.[8] A día de hoy, los discapacitados llevan en la frente el estigma

5 Foucault, Michel. *The Birth of the Clinic. An Archeology of Medical Perception.* Translated by A.M. Sheridan Smith. New York: Vintage Books, 1994.
6 Castellanos Moya, Horacio. *Insensatez.* Barcelona: Tusquets, 2004.
7 Antebi, Susan. *Carnal Inscriptions: Spanish American Narratives of Corporeal Difference and Disability.* New York: Palgrave, 2009.
8 Foucault, Michel. *Abnormal. Lectures at the Collège de France, 1974-1975.* Translated by Graham Burchell. Edited by Valerio Marchetti and Antonella Salomoni. New York: Picador, 1999.

y la exclusión.[9] Y los enfermos, los infectados, los que se deben corregir o curar, siempre causan ansiedad, desasosiego. Unos y otros crean un desbalance en el ámbito de la "normalidad". Afectan la "regularidad" de la vida. Molestan. Preocupan. Incomodan. Todos ellos en el mundo de la literatura nos obligan a ir en busca de conocimientos prohibidos por senderos inaccesibles o destructivos, delicados y peligrosos.[10] Como aquellos que encontramos en *Nadie me verá llorar* (1999) de Cristina Rivera Garza, *El cuerpo en que nací* (2011) de Guadalupe Nettel, *Sangre en el ojo* (2012) de Lina Meruane, *Los sordos* (2012) de Rodrigo Rey Rosa, *El cuerpo expuesto* (2013) de Rosa Beltrán, o *Carta sobre los ciegos para uso de los que pueden ver* (2016) de Mario Bellatin.

Los veinte autores latinoamericanos reunidos en *Incurables* escribimos, desde el arraigo y el desarraigo de los Estados Unidos, sobre una serie de enfermedades, dolencias, discapacidades y males que aquejan a nuestros personajes. Nos une la experiencia de ser inmigrantes, aunque hayamos llegado a este país en distintos momentos de la vida, cruzando tal vez más de una frontera. Física. Mental. Compartimos—y esto aflora en diversos textos de la colección—el extrañamiento que marca al inmigrante y el exiliado en su lugar de adopción, el sentirnos extranjeros, que no pertenecemos, o en el mejor de los casos: solo a medias.[11] Todos hemos nacido en los años setenta y ochenta, y provenimos de algún rincón de América Latina. Escribimos en español porque es

---

[9] Antebi, Susan and Beth Jörgensen, editors. *Libre Acceso. Latin American Literature and Film through Disability Studies.* Albany: SUNY, 2016.

[10] Shattuck, Roger. *Forbidden Knowledge: From Prometheus to Pornography.* New York: St. Martin's, 1996.

[11] Said, Edward W. *Reflections on Exile and Other Essays.* Cambridge: Harvard UP, 2002.

nuestra lengua madre, pero también como un acto político ahora que el español ha desaparecido de la Casa Blanca, en esta era de crímenes ocasionados por el odio al otro y la intolerancia racial, mientras sigue en marcha el plan enfermizo de construir un muro inviolable entre la frontera de México y los Estados Unidos. *¿En qué país estamos, Agripina?*

A pesar de los más de cincuenta millones de personas que hablamos español en los Estados Unidos, somos una minoría. Y somos, independientemente de nuestro estatus migratorio, educación o situación social, laboral, los portadores de innumerables males, según los que siempre tienen la sartén por el mango. Somos, como afirma un personaje inmigrante de Yuri Herrera ante un oficial estadounidense, en la novela *Señales que precederán al fin del mundo* (2009), "los que no hablamos su lengua ni sabemos estar en silencio. Los que no llegamos en barco, los que ensuciamos de polvo sus portales, los que rompemos sus alambradas, los que venimos a quitarles el trabajo, los que aspiramos a limpiar su mierda, los que anhelamos trabajar a deshoras… Nosotros los oscuros, los chaparros, los grasientos, los mustios, los obesos, los anémicos. Nosotros, los bárbaros" (109).[12]

Los autores congregados en este volumen pertenecemos, en nuestra gran mayoría, a la academia estadounidense. Somos quizás, o a veces, parte de aquello que Cristina Rivera Garza llamó hace unos años "New New Latino Literature", porque escribimos en español, provenimos no sólo de México o del Caribe, y con frecuencia vivimos bajo el amparo de alguna universidad.[13]

---

[12] Herrera, Yuri. *Señales que precederán al fin del mundo*. Cáceres: Periférica, 2010.

[13] Rivera Garza, Cristina. "The New New Latino Writing". *Ventana Abierta* 35-38 (2014): 72-74.

Ser parte de la academia nos da muchos privilegios. Un cuarto propio, por ejemplo. Un lugar seguro para leer y escribir. Un salón de clases para compartir con los estudiantes nuestras inquietudes intelectuales. Pero el teatro se nos puede caer encima en cualquier momento si salimos de nuestro entorno seguro, si la persona equivocada nos escucha hablar español, si alguien detecta nuestro acento foráneo, o percibe en nuestros cuerpos el estigma de la extranjería y la otredad. No pertenecemos a ningún grupo, y sin embargo más de uno de nosotros se siente identificado con eso que Naida Saavedra ha llamado New Latino Boom, un movimiento literario en español propio de Estados Unidos,[14] cuyos frutos hemos visto ya en otras antologías, como *Estados Hispanos de América* (2016), *Ni Bárbaras ni Malinches: Antología de narradoras en Estados Unidos* (2017), *Pertenencia: Narradores sudamericanos en Estados Unidos* (2017), *Cuentos de ida y vuelta: 17 narradores peruanos en Estados Unidos* (2019), *Mirando al Sur, antología desde el exilio* (2019) y *Escritorxs salvajes* (2019).[15]

Si bien estos y otros volúmenes colectivos dan cuenta de una rica producción en español de variada temática en los Estados Uni-

---

[14] Saavedra, Naida. *#NewLatinoBoom: cartografía de la narrativa en español de EE UU*. Chicago: El BeiSMan PrESs, 2020.

[15] Díaz Oliva, Antonio, ed. *Estados Hispanos de América. Narrativa latinoamericana made in USA*. New York: Sudaquia, 2016; Olszanski, Fernando, ed. *Ni Bárbaras ni Malinches: Antología de narradoras en Estados Unidos*. Chicago: Ars Communis, 2017; Melanie Márquez Adams y Hemil García Linares, eds. *Pertenencia: Narradores sudamericanos en Estados Unidos*. Chicago: Ars Communis, 2017; Castañeda, Luis Hernán y Carlos Villacorta, eds. *Cuentos de ida y vuelta: 17 narradores peruanos en Estados Unidos*. Lima: Peisa, 2019; García Linares, Hemil, ed. *Mirando al Sur, antología desde el exilio*. Fairfax: Raíces Latinas, 2019; Vera Álvarez, Hernán. *Escritorxs salvajes*. Madrid: Hypermedia, 2019.

dos, incluyendo desde luego la inmigración y el exilio, todos los textos reunidos en *Incurables. Relatos de dolencias y males* giran en torno a una sola problemática de diversas capas y tonalidades: el mundo de las enfermedades, que es también el de los achaques, las discapacidades, el dolor, los males. Hay en este volumen enfermedades físicas y del alma, imposibles de rastrear. Traumas de infancia, conflictos familiares que nos marcan para siempre. Dolencias del cuerpo y de la mente. Males propios de cierta edad. El problema de ser diferente y salirte de los patrones de la normalidad. Procedimientos quirúrgicos, tratamientos forzados. Taras de nacimiento. Amputaciones. Y también deterioros, desgastes, trastornos y anormalidades o singularidades que no encajan con soltura en un mismo rótulo. Algunos textos abordan el entorno familiar o el reino de la infancia, donde se fragua la personalidad. Otros nos llevan por el camino de la madurez, cuando el cuerpo nos traiciona. O al terreno de la denuncia política, al desvelo de ciertas violencias, al descubrimiento de alguna incomprensión, y a presenciar un acto de rebeldía. No falta en este volumen el mal de amores con sus desperfectos y heridas abiertas. Ni faltan las prótesis, reales o metafóricas, con que algunos aprendemos a enfrentar la vida.

Si emigrar siempre produce algún tipo de herida, los veinte relatos reunidos aquí muestran no sólo un variado conjunto de dolencias y males recreados por un grupo de inmigrantes latinoamericanos que oscilan entre la pertenencia y el desarraigo en los Estados Unidos, sino la capacidad de la literatura para retratar la violencia simbólica, los traumas de larga duración, las heridas que no cicatrizan. Y los gestos, los silencios expresivos, las miradas esquivas que quisieran, en el fondo y en la superficie, que el mundo fuera un poco mejor. Porque elegimos, como Juan Gelman, nuestro gran poeta del exilio, "esta salud de saber que estamos muy enfermos."

Oswaldo Estrada
Chapel Hill, marzo del 2020

PRIMERAS DOLENCIAS

MABEL CUESTA

(Cuba, 1976). Es poeta, narradora y ensayista. Graduada de Licenciatura en Letras Hispánicas por la Universidad de la La Habana y Doctora en Literatura Hispánica por la Universidad de la Ciudad de Nueva York. Ha publicado *In Vía, In Patria* (Literal Publishing, 2016, Ediciones Matanzas, 2019); *Nuestro Caribe. Poder, raza y postnacionalismos desde los límites del mapa LGBTQ* (Isla Negra, 2016); *Bajo el cielo de Dublín* (Ediciones Vigía, 2013); *Cuba post-soviética: un cuerpo narrado en clave de mujer* (Cuarto Propio, 2012); *Inscrita bajo sospecha* (Betania, 2010); *Cuaderno de la fiancée* (Ediciones Vigía, 2005) y *Confesiones online* (Aldabón, 2003). Sus cuentos han aparecido en diversas antologías y revistas. Es profesora de Lengua y Literatura Hispanocaribeñas en University of Houston.

Por no haber tomado
leches de calostro

(...) Cuando el niño era niño
era el tiempo de preguntas como:
¿Por qué yo soy yo y no soy tú?
¿Por qué estoy aquí y por qué no allá?
¿Cuándo empezó el tiempo y dónde termina el espacio?
¿Acaso la vida bajo el sol es tan solo un sueño? (...)

Peter Handke

A la tía Z., in memoriam

*

Tengo el cuerpo equivocado. Eso lo he sabido siempre; pero lo comprobé el día en que aquella conocida lo soltó en Facebook. La conocida hablaba de sí misma; pero dijo: *soy una flaca atrapada en el cuerpo de una gorda.* Ella aludía a una película sobre transexuales. Una que de tan profunda le había hecho aterrizar en aquella conclusión. Entonces lo tuve claro. Es decir, lo pude sintetizar en una sola frase y eso fue tremendo Y es que tampoco soy muy buena para sintetizar: ni ideas ni grasas. Claro que aquí no me detendré en el mundo de las ideas, sino en el cómo siempre tuve el cuerpo equivocado.

Llegué al mundo sola, como quien se caga—y esto es literal—y de paso suelta a una niña. Así lo cuenta la señora quien, sintiendo un súbito dolor de vientre y un posterior reflejo automático de evacuación anal, vio cómo salía una bola negra y peluda de su matriz. Cuenta que no lloré, ni siquiera cuando no tuvo en sus pechos leches repletas de calostro para mí. O sea, no tuve anti-cuerpos, lo cual me ayudaría también a derivar en el cuerpo equivocado—por exceso. Como a la señora que cagó le abrumaba demasiado mi silencio, me dio de beber de algunas latas, me puso en brazos de su madre y sus hermanas y se fue con su mierda a otra parte. Este sería, en principio, el momento en que comenzó a desarrollarse el terrible cuerpo; ese que se alimentaba de latas y en silencio rellenaba todos y cada uno de sus huecos. Unos que muy profundos asomaban entre mantas y pañales.

Ese parteaguas inicial constituido por la secuencia mierda-ausenciadeleches-lechenlata-nosecierranloshuecos-partida- fue solo eso: un instante. Intenso y definitivo; pero puntual. A esas secuencias siguieron otras. Unas a las que podríamos llamar: los peregrinajes.

Como la abuela estaba mayor y bastante raquítica, comprendió muy pronto que no tendría fuerzas suficientes para dar la cantidad de viajes necesarios hasta el sitio donde debía comprar las benditas latas de leche. Esas que yo demandaba con más y más frecuencia. Los intervalos de dos horas con los que normalmente se alimenta a una bebé, en mí se acrecentaban con la misma velocidad con que la señora que me había cagado se alejaba: cada hora y media, cada hora, cada media hora, cada quince minutos… Hasta que la abuela no pudo más y me dejó con una de mis tías.

La abuela hizo semejante sacrificio no solo porque no le alcanzaran las fuerzas para ir a por las latas, sino porque en mi absoluta rareza devoradora, yo no lloraba sino que la miraba con una intensidad directamente proporcional a mi demanda de alimento. La mirada equivalía a la demanda. Y con la subida de frecuencia en la demanda, crecía también el pavor que le provocaba lo imponente de mi carácter. A todas estas, y como no será difícil de imaginar, subía a la par mi peso corporal. Los huecos intactos. De modo que para la abuela el traspaso a una de las tías fue una decisión de los órdenes físico y psicológico.

Con la mudanza a casa de la tía no cambié ni un poquito ni el asunto de la mirada ni el de los huecos; pero el cuerpo sí que siguió cambiando. O intentándolo. Esta tía, a quien llamaré tía Z., padecía el enorme don de ser inquebrantable. Menuda y pequeña como era, no se asustaba con mis miradas ni corría a por latas de leche cada vez que a mí se me antojaba. Por el contrario, me ignoraba y repetía a los vecinos: *ella conmigo sí va a aprender; ella conmigo sí va a perder todo ese peso; ella conmigo sí va a ser distinta de la mierda de su madre; ella conmigo sí va a ir a la mejor escuela; ella conmigo sí no se va a enfermar…* y repetía esa letanía de superioridad mientras planchaba, lavaba o cocinaba unas papillas que de a poco fueron sustituyendo mi alta ansiedad por la leche sin calostro; pero que me dejaban igualmente hambrienta y llena de esos huecos que no terminaban de cerrar. Huecos que quizás (pensaba yo que empecé a pensar prematuramente) más papilla, más leche o el calostro nunca conocido podrían remendar. En casa de la tía Z. aprendí a caminar. Y allí se dieron cita otros momentos de fundación: también aprendí a robar (comida), a hablar solo lo necesario como para pedir (comida) y finalmente a llorar. El origen del llanto estuvo obviamente asociado al hambre. Sucedió una noche cuando dando salticos silenciosos desde mi catre improvisado en la cocina hasta la nevera, el marido de la tía Z. (nada feliz con mi estancia en sus predios) encendió la luz mientras yo comenzaba a embutirme un enorme y viejo pedazo de mortadela. Uno que había estado allí, en la puerta del aparato, semanas enteras y a quien yo había estado observando con detenimiento; esperando el momento preciso para hacerlo mío.

El marido de la tía encendió la luz, me arrebató la mortadela y gritó: *mucho te lo he repetido ya, Z., quien cría perro ajeno, pierde el pan y pierde el perro.* Hasta el día de hoy no he podido llegar a entender cómo mi imagen de niña regordeta embutiendo mortadela en plena madrugada evocó en aquel señor las imágenes de "pan" y "perro". Por universales que estas sean, las sigo sintiendo fuera de contexto. Pero lloré. Por primera vez lloré tan largo y tan intensamente que hasta mi tía Z. se conmovió y en la mañana me puso con mis pocas piezas de ropa y mi único par de zapatos en la puerta de la tía X.. Asimismo se aseguró, de hacerme algunas de sus papillas, meterlas en frascos de viejas mermeladas y de darme unos buenos trozos de mortadela fresca.

Para la tía X. la vida estaba siendo difícil: tenía un marido que la golpeaba los días en que llegaba borracho del trabajo y dos hijos más pequeños que yo quienes—si bien eran delgados y sin huecos porque habían recibido leche de calostro a pechos llenos—tenían una gran ansiedad de destruirlo todo. En la casa de la tía X. no había sillas, mesas o camas con patas. Todo andaba regado y a ras del suelo. La tía dedicaba sus mañanas a escuchar la radio—inmensas radionovelas con personajes de nombres ridículos y siempre emocionados—y a comer una barra entera de pan acompañada de una barra, igual de entera, de mantequilla. En tanto, mis primos destruían una ventana, un sofá, un escaparate, lo que les apeteciera como labor del día.

Aprendí a escuchar las radionovelas junto a la tía X. y de alguna manera a emocionarme con ellas. Después de todo ya sabía llorar y eso era provechoso. Mientras escuchábamos, la tía X. me dejó que comenzara a picar de su pan con mantequilla y un día, sin que me diera cuenta, trajo dos barras de todo y las puso allí en la mesa a ras del suelo junto a la radio que, por milagro de Dios, mis primos no habían destruido todavía. Fue una época feliz y al menos de unas treinta libras añadidas al cuerpo ajeno que llevaba conmigo. Los huecos, con todo y presentes, redujeron en algunos centímetros su diámetro.

Como es de todos conocido: nada es eterno. Un día el marido de la tía X. llegó en plena sesión de radionovela condimentada por lágrimas, pan y mantequilla y nos golpeó a las dos. Nos quitó la comida de la mesa y como ya estábamos en el piso nos arrastró hasta la sala donde abrió la puerta. Yo quedé fuera y la tía X. y los primos dentro. Llorábamos todos.

No sé cuánto tiempo estuve allí, o si me quedé dormida en la acera, solo sé que desperté en la que más tarde entendí sería la casa de mi madre, tenía más de diez años y pesaba lo que pesan las mujeres adultas una vez que han quedado embarazadas y dado a luz a su primer hijo.

**

Eres hermosa, dijo. Y pasó su dedo por entre mis pechos… lo bajó hasta el ombligo y luego un poco más, hasta la entrepierna. Una vez allí, me sentí jadear y contraerme y una humedad desconocida comenzó a aflorar por todas partes. En algún momento abrí los ojos y me vi. Sí, algo allí, en ese cuerpo, era hermoso. Como si nunca hubiera sucedido nada, como si esa ansiedad con que había estado devorándolo todo, toda la vida, hubiera parado de una vez y en lugar de aquello deforme, gigante y ahuecado que miraba cada día en el espejo, hubiera nacido este otro espacio para darme hábitat; uno de color dorado, piel tersa, acaso musculoso y entero. Era yo y no era. Claro que faltarían años para entender que—como bien explicaría la conocida del Facebook—yo también era una flaca atrapada en el cuerpo de una gorda.

Aunque entonces no hubiera podido dictaminarlo tan claramente, supe también en ese atisbo que: ni era ya la beba que fue cagada por su madre, ni la que miraba creando pánico a la abuela, ni el perro del marido de la tía Z., ni la masa redonda y presta a golpear por el marido de la tía X., ni la que un día amaneció devuelta en casa de esa señora que debía haberme proveído de leches con calostro.

No, no fui ninguna de esas en aquel instante en que temblé tan largamente bajo su mano, su boca, sus tiernos modos de susurrar en mi oído: *bebe de mis pechos, son para ti.* Frase esta que me hizo salir corriendo hasta llegar, por tierra, al puente que cruza sobre el río que delimita la frontera de un país donde se hablaba una lengua desconocida y alguien más esperaba, ansiosa de alimentarme.

***

En el país de extraña lengua la amante padecía de nostalgias por el país natal (ese de donde yo recién había salido corriendo) y las traducía en auténticos festines de comida tradicional. Cada noche, luego de inmensas jornadas laborales a las que ambas nos sometíamos con idéntico sentido de lo inevitable, llegábamos a casa desesperadas por mezclar los sabores de la guayaba con el queso o el de los frijoles negros con un pescado de agua dulce cocido en salsa de tomate. Comer y amarnos al amparo de unas series televisivas donde los personajes hablaban en aquella misma lengua, para mí absurda, devinieron casi en automático ritual para olvidar el enorme y blanco invierno que asomaba en la ventana.

Así pasaron años de olvidar con qué cuerpo andaba a cuestas. Tanto era el olvido que ni siquiera me preocupaba por tener espejos en ese espacio al que llegábamos de noche para amar, calentarnos y comer. Si bien el ejercicio devorador que me había acompañado desde mi infancia no me iba a abandonar ahora que estaba lejos de aquellas casas de las que me habían expulsado o de donde (en el caso de la primera amante) yo había salido corriendo; también sucedía que en el país de extraña lengua, lo pantagruélico se había automatizado. La rutina de un día cualquiera consistía en abrir los ojos-comer-saliralfrio-trabajar-comer-regresar-comer-amar-comer. Las cantidades eran ignoradas y el reflejo de mi nueva imagen inexistente. Si los huecos persistían, nunca llegué a saberlo. Me duchaba con la luz apagada.

Me sentía más desconectada de mi cuerpo que nunca y a pesar de que el número en las tallas de los pantalones y blusas subía, mi mente andaba mucho más ligera, o quizá vine a reflexionar años después, anestesiada. El asunto es que nada detenía mi hambre en el divino ritual que facilitaba la lejanía y aunque muchos conocidos me miraban con ciertas expresiones faciales que podían denotar preocupación, mi cabeza, siempre ausente a la hora de hacer "chequeos de realidad"[1], no las registraba.

---

[1] La frase "chequeos de realidad" es una traducción literal de la lengua extraña que finalmente aprendí a golpe de otros automatismos de los que no habla esta historia de hoy.

****

Por alguna razón que a estas alturas todavía no entiendo bien regresé al país natal. Llevaba, además de mi nuevo y ajeno cuerpo, unas maletas llenas de alimentos y bisuterías que servirían a la abuela, tías, primos y parientes de hasta tercera generación a sobrellevar sus propias rutinas de destrozos. Para entonces ya no quedaban maridos en la familia (gracias a Dios, todos muertos) y la señora que me trajo al mundo en su cagada, andaba con muy pocas fuerzas... es decir, esta vez no le alcanzaban para echarme (o salir corriendo) de su casa. Admitamos también que algo en mis maletas le interesaba y no iba a despreciarlo.

Nadie hizo comentarios sobre mi nueva—y para mí ignorada—imagen, lo cual me reafirmó en la idea de que todo debía andar bien, dijeran lo que dijeran, los aviesos números de las tallas de ropa.

Entonces la vi. Vamos a llamarla "A." o la tercera amante.

La había conocido años atrás, en esa época en la que amanecí sin saber cómo en la casa de mi madre. En aquellos días yo era todavía una pre-adolescente y por eso A. no había puesto sus ojos en mí. Así como no los ponía yo sobre algo que no fuera comestible. A., cruzaba una de las calles de la ciudad natal que casualmente andaba visitando, subió los ojos y vino hacia mí.

Lo crea usted o no, A. había salido, igual de precipitada que yo y en el mismo mes del mismo año, hasta aquel puente que cruza sobre el río que delimita al país extraño. Ella también volvía ahora con maletas llenas y una enorme ansiedad de abrazar a los suyos. Era bellísima. Con la belleza que concede el haber sido alimentada con leches de calostro y acaso seguir deseando beber de los siempre dispuestos pechos de su madre.

Apretó mis manos con mucha fuerza, me llevó hasta su pecho y dijo: *no quiero darte de comer, sino un cuerpo para que allí vivas.*

*****

Meses después de aquel encuentro con A., la tercera amante, fue cuando la conocida dijo en Facebook que era una flaca atrapada en el cuerpo de una gorda. Y desde entonces pienso en ello a diario. Sigo sin poder sintetizar grasas; pero he colocado algunos espejos en distintas habitaciones de la casa soleada en la que ahora vivimos.

Todas las mañanas, con A., ejercitamos el idéntico ritual de poner mi boca sobre uno de sus pechos. No, no lacto sino mejor muerdo, suave, como quien se enfrenta a un fruto que aún no tiene nombre… presiono con mis dientes, lamo, mastico, degluto…

Mi cuerpo, empecinado, sigue siendo extraño, desconocido y sé que atrapa el alma de un ser grácil y muy mal alimentado. Sin embargo, en el país tan extraño como él, nadie lo mira. Debe ser también porque apenas lo saco a la calle y cuando lo hago, mejor voy, prendida del pecho de A., escondida entre lo suave de sus carnes. Esas carnes que han terminado por ser toda mi ingesta. Algo nuevo sí ha pasado: por más que los busco o a solas me miro en el espejo, no hallo los huecos por ninguna parte.

CARLOS VÁZQUEZ CRUZ

(Puerto Rico, 1971). Obtuvo el doctorado en Lengua y Literatura de la Universidad de Carolina del Norte en Chapel Hill. Ha publicado poesía, narrativa y crítica literaria. *Asado a las doce* (cuentos), *Dos centímetros de mar* (novela corta) y *Malacostumbrismo* (cuentos), fueron electos por el PEN Club de Puerto Rico entre los mejores libros publicados en 2006, 2008 y 2012, respectivamente. Recibió la Beca del Banco Santander para la Escritura en Español de la Universidad de Nueva York (2008-2010) y el Premio Nuevas Voces del Festival de la Palabra de Puerto Rico (2014). *"Tar Heel"* es el primer cuento de su próxima colección, titulada *Talón de brea*.

Tar Heel

Mi vida siempre ha estado marcada por los pies.

Mami se rellenaba la boca con historias tan lejanas como cuando, en el preciso instante en que nací, le dijeron que había entrado al mundo con calcificación en los talones y que, de no corregirse sola, jamás caminaría. Desde entonces, me dejó en la cuna durante casi tres años, sacándome de allí sólo para cogerme al hombro, bañarme, alimentarme, pasarme de mano en mano, hasta que Doña Tití—su comadre—advirtió el patrón, me liberó de aquella cárcel acolchonada con barrotes de madera y me plantó en el piso para tambalearme y echar a andar.

Sin embargo, mi madre quedó preñada de nuevo con un embarazo que la volvió loca. La sombra de un hombre flotaba ante sus ojos, su voz grave le colgaba de los oídos, amenazándola con raptarnos, por lo que ella—desde la desmemoria—tomó medidas cautelares extremas para evitarlo. Otra vez, Madrina Titi comenzó a aparecer a cada rato por el apartamento del residencial empuñando una llave que le entregó mi papá. Corría directamente al cuarto y nos desataba—a Blanca, mi hermana mayor (su ahijada), y a mí—de las patas de la cama, adonde mami nos amarraba con sogas, cables eléctricos o franjas de trapo improvisadas con toallas viejas o sábanas baratas.

Papi llegaba tarde de trabajar aferrado a una bolsa de papel con dos hamburguesas. El rey de los *hamburgers* sacaba un *whopper*; lo partía en mitades que distribuía: una para Blanca, otra para mí. Hastiado, recogía de una esquina a aquella esposa fláccida adherida a una barriga sietemesina y cautiva de una mentalidad sin tiempo. La sentaba a su lado; le engullía comida con los dedos callosos coronados por las uñas sucias del hollín recogido en la factoría. A veces, me asalta el recuerdo borroso de su figura sin camisa en el balcón ante la noche fría estirando el esqueleto para despojarse de la jornada diabólica. Respiraba profundo y nos miraba—a su hijo, primero; luego, a la distancia—como a un par de maldiciones insostenibles sobre sus hombros.

Así fueron la rutina matrimonial, los deberes paternofiliales, la atropellada vida de nuestro gremio por varios meses, hasta que mi hermana menor abandonó las entrañas de la progenitora y, poco a poco, mami se nos fue estabilizando. Por ende, a intermitencias, empecé a caminar casi a los cuatro años, adueñándome de un andar particular, para muchos "cómico", mas denominado por este servidor como "de supervivencia".

DESCALZO

Mi niñez transcurrió sobre aquellos talones que, según temido, no me llevarían a ninguna parte. Nos mudamos del residencial que cobijó mi infancia hacia una estructura modesta erigida en madera, techada de zinc, con un piso rudimentario de cemento que le curtía el cuero de las patas a cualquiera.

En casa se guardaban dos pares de zapatos—los escolares y los "de salir"—, cuyo uso, dada la clasificación, no amerita aclaraciones. Esto provocó que, ante el vecindario, los visitantes o quienes aterrizaran por azar—sin importar cuán limpio vistiera—, mis pies empolvados por encima y embreados por debajo comunicaran la vergüenza de una pobreza abandonada e indesmentible. Qué más podía pedírsele a un dúo de extremidades empeñadas en acumular polvorín, en almacenar las cicatrices ocasionadas por cuanto objeto cayera sobre ellas, en afirmarse sobre la punta de un clavo mal puesto o en marcar el ritmo de las canciones que papi me enseñaba. Aun así, descubrí cómo emplear esos arcanos del movimiento para lucrarme.

Entre las familias de mi barrio, se destacaba la de Diosa. "Teodosia Morales" era la matriarca de un imperio en que sus conexiones políticas, el tráfico marihuanero de su hija, los asaltos domiciliarios de su yerno, la prostitución de su nieta rubia y las garatas constantes de los menores—a gritería o navajazos—nos dejaban de quijada caída. No tardó mucho para que la comunidad le profesara reverencia rabiosa a aquel clan que campeaba por sus respetos.

Diosa trajo innovación. Hasta que los tuvimos de vecinos, las mujeres menos recatadas abortaban tomando *Cortal* con malta, por lo que me sorprendió acercarme a su balcón y presenciar la escena en que la hija yacía en el piso de la sala haciendo muecas cada vez que Diosa le golpeaba la barriga con un libro mientras imprecaba:

—Ya son seis muchachos, y la cosa no está para más. Ojalá te jodas.

Ella también nos evangelizó en torno a los beneficios de la

estadidad: el progreso desmedido que arroparía a Puerto Rico en cuanto lograra la tan anhelada unión permanente con los Estados Unidos. Mediante su peregrinación casa por casa en búsqueda incesante de correligionarios que se afiliaran al partido, su ojo detectaba las carencias que se satisfarían con el inacabable dinero, así como con la bondad inmerecida, sumada a los avances tecnológicos de los americanos:

—Residencias de cemento; mejores salarios; trabajos honrosos; la erradicación del cáncer, la diabetes y el sida; escuelas a la altura de los años ochenta...

En fin: futuro. Una oferta múltiple e irresistible confeccionada para cada hogar. Cuando dijo:

—...zapatos...

...supe que lo mío era la estadidad.

Con el pasar de los años, el augurio se repetía en tonos graves o agudos, campesinos o citadinos, perfilados o chatos, vocacionales o profesionales, de acuerdo con el perfil de los candidatos del cuatrienio, pero arribaron los noventa y cerró mi adolescencia con los pies resecos, duros, sucios, sin estadidad. A través de Diosa, inferí que, por más vívidas que suenen las promesas, sólo son una cuerda de palabras que, de tanto vibrar, se van muriendo.

Un día, salí corriendo hacia el colmado cuando resonó la voz desgalillada del nieto mayor de Teodosia:

—¡Patas de aluminio!—seguida de estridentes carcajadas.

Como de costumbre, luego de comprar, volví adonde mami igual de rápido con los encargos, abochornado esa vez por reconocerme como un niño que transita descalzo el mundo. Me socorrieron los vecinos inmediatos, quienes habían oído el vozarrón del muchacho pronunciando el sobrenombre que me acompañaría por casi dos lustros, puesto que los más chicos lo repetirían *ad nauseam* a son de burla. Sólo que, por lo bajo, me dediqué a convencer a sus padres de lo hábil que era para los mandados precisos y expeditos. Como consecuencia, quizás por piedad, las idas a la tienda que iniciaron a tarifas de veinticinco centavos culminaron a dólar con el paso del tiempo. Hubo momentos en que mis ganancias oscilaron entre diez y quince dólares diarios, incluidos par de pesos provenientes de la endiosada familia.

Pocas experiencias me tasajearon el alma como contemplar la debacle de tan singular dinastía: la Diosa envuelta en el alzhéimer que la protegería de percatarse del olvido de los políticos, la hija carcomida por el cáncer de útero, el yerno rayando paredes tras las rejas, el cuerpo televisado de la joven rubia perforada a cuchillazos en un motel, los demás nietos repartidos por hogares sustitutos, y el muchacho burlón huyendo sin remedio del destino que le implantaron los astros al formarse su cigoto. Por lo visto, aunque distintos, nuestras luchas eran demasiado similares.

CALZADO

Mi fijación con los zapatos advino de forma gradual, según el rompecabezas que he ido armando a base de los cuentos evocados por muchos. Otra historia que rebosaba en la mandíbula de mami versaba sobre su necesidad de sentirse productiva, la cual la condujo al oficio de "vender productos". Dicha labor consistía en recibir en el hogar a señores bien vestidos con el fin de escuchar las maravillas de los perfumes, maquillajes, prendas de ropa, ollas, envases plásticos, relojes y perfumes de imitación que, atacuñados en el baúl de una guagua, aguardaban la pericia de una vendedora estrella que los mostrara al mundo. Una vez convencida de tan magnas virtudes, el ama de casa aceptaba los objetos, memorizaba sus milagros, los propagaba entre las vecinas, organizaba demostraciones en el hogar, fiaba mercancía y la cobraba a plazos antes de la siguiente visita del caballero, quien recibiría el dinero y pondría en manos de la afortunada una comisión miserable, no sin antes comprometerla con otro lote de fruslerías del que intentaría salir en el curso de las próximas dos quincenas.

Narraba mi madre que, un sábado, apareció uno de esos nunca bien ponderados especímenes. Arribó de punta en blanco, rebanando el aire con el filo de los pantalones, encegueciendo al barrio con el charol de los zapatos y el resplandor solar reflejado en el negrísimo lente de sus gafas. Comentaba ella que el aroma a *Paco Rabanne,* aunque falsificado, me ponía clueco, y aquel día no fue la excepción. El tipo le hablaba a mi madre, y yo revoloteaba por la sala; ella, bizca, le contestaba rastreando con las pupilas mi cuerpo incontrolable, como planeta procurando el hilo invisible de su órbita. En resumidas cuentas, se distrajeron ellos, se relajó este servidor, y terminé cagándome en los lustrosos zapatos del dandi, cual animal que reclama sus dominios. Aquella tarde, la mujer que me inauguró en el mundo con talones defectuosos casi me detuvo la circulación de las piernas a correazo limpio con el rostro brilloso, enrojecido, de lágrimas y furia.

A una década del funesto incidente, Puerto Rico sufrió el embate de la "menuditis aguda": euforia provocada por un quinteto juvenil masculino detonador del *branding:* una inusitada economía musical, de efectos escolares, moda y programación televisiva—con películas, teleseries, telenovelas, programa de variedades y un certamen anual mediante el cual los cinco integrantes escogían a quien sería, por doce meses, su "chica joven".

Yo me derretía por uno de ellos, pero me caía en cantos por los otros cuatro, por lo que los *Macanudos*—mocasines a los que mis ídolos le metían el pie—tenían que ser míos, aunque los obtuviese "a un precio módico". Dado que dicha vivencia pertenece a la prehistoria de "Patas de aluminio", este servidor dependía expresamente del salario del padre—empleado de mantenimiento—y de las menudencias que caían en manos de mami, insigne empresaria de las baratijas. Por tanto, definí "imitación" como "la originalidad de la pobreza". A fin de cuentas, ya intuía que el querer es abstracto, y el poder, concreto: nací para los *Macanudos* de segunda.

Ni eso. La mañana cuando viajamos a Caguas—nuestra metrópolis aledaña—para adquirirlos, mi papá invirtió la cantidad estimada en aquel calzado claramente elaborado con goma y cartón, mas dejó la caja sobre el tablero del auto—frente al asiento del conductor—al bajarse, cercano el mediodía, en cuanto regresamos. Cuando los rescatamos, alrededor de cuarenta y cinco minutos después, el asfixiante calor tropical había desprendido la suela de hule del material acartonado, rodeados ambos de un reguero de pega cuya peste impregnaba el fondo de la caja. Hasta ahí, el deseo inmensurable por el mocasín que alimentó la fantasía farandulera, cenicienta, de mi primer amor.

Sin embargo—durante la era post"Patas de aluminio"—mis ganancias evolucionaron al punto en que, alcanzada la escuela secundaria, me propuse adquirir, con dinero propio, los "zapatos de chavito": famoso calzado colegial que arrojaba rayitos de bronce cuando el sol relucía contra el centavo insertado en la ranura que quedaba al nivel del empeine. Como de costumbre, los míos se fabricarían con algún material sintético que los delataría como borrufalla, pero, para esa época, ya había asimilado verdades irrefutables. Mi condiscípula Ruth Mariel contó en clase que su madre le había regalado una enciclopedia cuyo costo ascendía a un millón de dólares. De seguro, ella era más inteligente que yo. El papá de mi amigo José Enrique le había comprado una compilación de volúmenes sobre artes y ciencias que lo tornarían en una lumbrera. Cómo podía yo—oriundo de un barrio marginal y que, para colmo, lloraba en obras de teatro—aspirar a una competencia intelectual que no fuese de segunda categoría.

Mas, con todo ello, como el nieto mayor de Diosa, me obsesioné en pulsear contra el destino. Compré a plazos los legendarios zapatos colegiales que utilicé en la escuela una sola vez, porque el taco derecho se atascó entre dos rejillas de una alcantarilla que había en medio del patio central, obligándome a pagar, con la burla de la escuela entera, el precio que enfrentan los pobres por albergar sueños que rebasan sus posibilidades. Agraciadamente, esa etapa quedaría atrás. Estaba próximo a iniciar estudios universitarios en el primer centro docente del país, y la educación me salvaría.

En 1993, se realizaron audiciones conducentes a formar el Coro de Giras de la Universidad de Puerto Rico, agrupación que les exigiría a los electos cumplir con un riguroso calendario de ensayos, aderezado con venta de chocolates y bizcochos o con el ofrecimiento de serenatas que garantizarían dominar el repertorio y acumular los fondos necesarios para participar de un encuentro internacional en Guayaquil, pero—antes—los veinte coralistas pulirían las piezas por medio de una serie de presentaciones pactadas con diversos organismos culturales de toda la isla.

El anuncio de la directora fue contundente:

—Asegúrense de contar con el apoyo de sus padres. Si resultan seleccionados, no podrán echarse hacia atrás. La asistencia es compulsoria—advertencia que, por ende, me obligó a preguntarle a mi papá con sutileza.

—Pai, van a hacer audiciones pa un coro que irá a Ecuador en septiembre. Si me cogen, voy a necesitar que me ayudes con dinero.

—¿Quién te enseñó a cantar a ti?

—Tú.

—Pues, audiciona. Yo no tengo chavos, pero... —la elipsis ejecutó la función dual de encubrir sus palabras finales, de vomitar mi porvenir incierto. Aun así, me esperancé.

En las postrimerías de julio, bajaba el telón del teatro más famoso del oeste, el cual el gobierno clausuraría ese mismo año por tiempo indefinido. Después de tres horas de viaje—sofocado por la etiqueta, aunada la falta de aire acondicionado—, le pedí permiso al conductor del autobús para bajarme en el peaje de Caguas argumentando que papi vendría desde mi pueblo en cuanto lo llamara. Tras una breve—férrea—discusión, me lo concedió, y allí quedé: frente a un teléfono público, viendo la guagua alejarse mientras mi padre vociferaba por el auricular que no iría porque aquel carro—útil a mediados de los 1980—no resistiría entonces el viaje hacia nuestra metrópolis. Tampoco haría él esfuerzo alguno para contactar a alguien que hiciera el favor de buscarme.

Emprendí la caminata cayendo el atardecer. Golpeé con los nudillos la ventana del cuarto de mi hermana para que abriera la puerta entradas las tres de la madrugada. En el trayecto, me quité la chaqueta; me la volví a poner; aguanté la lluvia; me sequé andando; me bañé en sereno, me senté a llorar, me morí de hambre, de sueño, de sed, y maldije mi vida, los espermatozoides de mi padre, a Dios y a la humanidad entera por el desperdicio del cosmos en donde me tocó vivir.

Aterrizamos en Guayaquil acabándose septiembre. El avión nos dejó en plena pista. Cuando se abrió la puerta de la aeronave, quedé boquiabierto por la emoción y, en esa misma bocanada, me tragué la contaminación hiperbólica brindada por la ciudad industrial. Al instante, perdí la voz. Siete días permanecí en Ecuador contemplando una invasión de iguanas gigantes en la plaza de envejecientes contigua al hotel y oyendo a mis compañeros entonando canciones que sabía de memoria.

Por todo eso, mi existencia ha consistido en huir de una patria a la que, inevitablemente, regreso, como si las raíces extrañaran un suelo que, de modo simultáneo, las nutre y envenena.

El pasado inunda mi mente un mediodía de junio de 2015 en Chapel Hill, Carolina del Norte. A través de la vitrina de *Linda's Bar & Grill*—establecimiento en donde confluyen cervezas artesanales, almuerzos sureños, diálogos políglotos y feromonas pansexuales—, observo los banderines de la institución que me ha ofrecido el doctorado: una fila de rectángulos azul celeste en cuyo centro crece la planta de un pie blanco con un círculo de brea estampado en el talón.

—¿Cómo puede convertirse en símbolo de orgullo para otros lo que, para mí, representa tanta vergüenza?—susurro.

Hoy me azotan todas las dudas añejas: si la suerte ha trazado mi camino, si soy la obra de caridad de una universidad en busca de minorías, si—tras derrumbar innumerables mitos—seré suficiente, qué sucederá cuando descubran que volé con escasos recursos o que—bajo la mesa que ocupo en *Linda's*—se cruza el único par de zapatos "de salir" que atesoro. Entre las elucubraciones, también se filtra la frescura del viento veraniego, portando un mensaje.

Quizás hallé un lugar—lejano de los orígenes—donde las heridas de mis pies tienen algo importante que decir.

CARLOS VILLACORTA GONZÁLES

(Perú, 1976). Es escritor y profesor en la Universidad de Maine. Ha publicado los poemarios *el grito* (2001), *Tríptico* (2003), *Ciudad Satélite* (2007) y *Materia Oscura* (2017), así como la novela *Alicia, esto es el capitalismo* (2014). También ha co-editado la antología *Cuentos de Ida y Vuelta: 17 narradores peruanos en Estados Unidos* (Peisa, 2019), la *Antología Binacional de Cuento / Poesía Perú-Ecuador 1998-2008* (Sic, 2009), y *Los relojes se han roto: Antología de poesía peruana de los noventa* (Arlequín, 2005). Sus cuentos y poemas han aparecido en español, inglés y francés en diversas revistas. En 2018 publicó su investigación *Poéticas de la ciudad: Lima en la poesía peruana* (Corregidor).

Trece padres

Tengo trece padres. Como saben, ser hijo es difícil con un padre; con trece, se resuelven muchos problemas. El primero de ellos nació lejos y me enseñó a redondear mis vocales cuando las pronunciaba: *Mon Dieu!, parfait, croissant;* eran sus palabras preferidas. A veces se le escapaban algunas frases extrañas como *j'ai deteste ici* o *Mais l'amour infini me montera dans l'àme*. Años después supe que tenía medios hermanos y hermanas por su lado, pero nunca supe si yo era su consentido.

El segundo era un poco más viejo, y siempre miraba a la izquierda. "Este país que es desigual, decía, hay que convertirlo en una máquina de la justicia". Quizás por eso, todas sus amantes me querían y me mimaban con regalos y besos, porque antes que una caricia o un abrazo, me sentaba a devorar libros rojos llenos de fuego. En las noches invernales de la Nueva Inglaterra también me leía los cuentos de Poe y repetía y repetía *Nevermore!*, mientras que en Navidad me negaba cualquier regalo. "Mientras haya hambre, no podemos recibirlos". Lo amé mucho hasta que murió un día bajo la nieve.

El tercero era el más joven de todos. Siempre viajábamos por las ciudades pero, como el segundo, tampoco me daba regalos. "Eso hay que ganarlos con el trabajo". Me puso a vender limonada en verano. En otoño, a recoger hojas. En invierno, a palear la nieve. En primavera, a acompañarlo a su trabajo para que las secretarias me apretaran las mejillas o me abrazaran. "El que es pobre es pobre porque quiere", me decía antes de dormir. Siempre lo miré con reserva, como quien ve a un pobre perro jugando a morderse la cola. Fue el primero en huir.

El cuarto me hablaba siempre en castellano que por aquí llaman español. A veces seseaba y a veces parecía estar chupando limón. Así decía mi mamá que se llamaba ese ruido peculiar que emitía con los labios y con los dientes. Cuando no trabajaba, descansaba tanto que parecía que nunca más iba a trabajar. Y cuando trabajaba, simplemente no regresaba a casa por días. Por ejemplo, llegaba los viernes y sacaba de su bolsillo una gran cantidad de dinero que daba a mi madre para la comida y otros gastos. Le daba un beso en la frente y le decía cuánto la amaba para luego desaparecerse hasta el domingo en la noche. No era tan mal padre. Cuando salíamos a jugar, estábamos hasta tarde con la pelota, pateándola tantas veces contra un arco hecho de piedras simulando que estábamos en algún estadio. Huyó muchas veces, tantas como las que regresó.

El quinto no merece mucha mención. Era militar y solo hablaba en órdenes: la casa es la casa y la mesa es la mesa, gritaba. Creo que mamá no lo aguantó mucho pues ella también ordenaba: esta es mi casa y esta es mi mesa. De esta situación, aprendí que mi ropa no era mi ropa y mis juguetes no eran míos tampoco. Habían sido de mis primos o de mis hermanos mayores, y luego habían pasado a mí y ahora pasarían a los menores. El quinto murió en la guerra contra los zorros, los lobos, los coyotes o los chacales. No lo recuerdo bien. Y mamá se niega a contarme los detalles.

El sexto parecía haber salido de una película de Hollywood, de aquellas donde el galán o el héroe se enfrenta a los villanos, lo capturan pero sale victorioso y se queda con la hermosa mujer de cabellos negros. Una vez le dijo a mi madre que todos sus hijos se parecían a él menos yo que tenía los ojos y cabellos negros y gruesos como los de mi madre. Casi nunca me dirigía la palabra, y cuando lo hacía, solo era para decirme que me moviera de sitio. Se fue un día sin avisar, solo dejó atrás su ropa recién lavada, como si en cualquier momento fuera a regresar.

El octavo recorría las arenas en su viejo microbús que unía nuestra casa con la ciudad. Recogía niños y mujeres, hombres alcoholizados, perros y gatos, a veces también pollos y gallinas, y ¿por qué no?, becerros y terneros. Los pasajeros lo amaban, el vecindario lo amaba, mi madre lo amaba, sus hijos también, los que vivían en nuestra casa y los que vivían desperdigados por la ciudad. Una vez conocí a uno de mis medio hermanos, era tan parecido a mí que no supe qué decirle. Pero él sí. Me dijo: "yo también tengo trece padres. ¿Quieres saber cómo son?" Pero solo atiné a huir como lo hicieron ellos en su momento y nunca más lo volví a ver.

Del noveno tampoco hay mucho qué decir. Fue el que más tiempo se quedó con nosotros. Me acompañó en mi primer día de escuela y también en el último. Cargaba siempre a mi hermana y cuando creció la llevaba de la mano por las calles de la ciudad. No importaba si ese día habían detonado bombas o si habíamos perdido electricidad. No hay que perder un día de escuela, solía decirnos con una amable sonrisa. Mamá lo criticaba todo el tiempo: por su manera de vestir, su trabajo o la forma de pronunciar las vocales. Muchas veces confundía la *e* con la *i* o la *o* con la *u*, y decía que Dios era las nubes, el río, las montañas y también los animales. Nadie sabe bien por qué se suicidó.

El décimo se había ido hace tanto tiempo que no lo pude reconocer cuando tocó a la puerta y preguntó por mamá. Pero me reconoció y me dijo cuánto había crecido y que ya era todo un hombre. Lo miré y poco a poco volvió a mí el recuerdo de su rostro, solo que ahora se había afeitado, y tenía el cabello largo de color rojo, y las facciones más finas y sus brazos más delgados. Usaba una falda muy moderna como las que le gustaban a mamá. Se quedó pocos días pues había venido a ver a mi hermana la menor y decirle que la amaba tanto. Mamá se enfureció con él porque su dinero no alcanzaba para nada, si bien le deseaba lo mejor. Lejos de todos nosotros, por supuesto. Lo último que me dijo antes de irse fue "nunca dejes de creer en quien eres".

El onceavo me dijo un día que tenía once hijos, cada uno más hermoso que el otro, si bien alguno tenía algún defecto casi imperceptible: un ojo más pequeño que el otro, las orejas levemente convexas, una pierna más larga que la otra, dos pies izquierdos, uno era zurdo, otra era diestro, dos eran gemelas idénticas pero no se parecían entre sí, y los siguientes eran mellizos con color de ojos diferentes. La última había nacido prematuramente y era la más hermosa de todas.

El doceavo solo me decía una y otra vez que podría ser de cualquier parte del mundo. Buscaba en mi rostro y en mis facciones como quien examina un objeto desenterrado de las arenas del Sahara algún indicio de mis orígenes, de mis ancestros que podrían reflejarse en mis pómulos, o en el color de mis ojos, o el tamaño de mi frente. Cuando se cansaba de eso, buscaba en mi cuerpo alguna marca como cicatrices, lunares, protuberancias extrañas, cualquier signo de la palabra de Dios. "Todo lo que un hombre tiene es su legado", me dijo. Un día tuvimos que enterrarlo con su Biblia agarrada a sus manos.

El último dijo que no se iría nunca. Estaba cansado de viajar por el mundo y trajo consigo anécdotas e historias, como aquella vez que conoció a su padre en una zona alejada de la ciudad pero no podía recordar si esto sucedió en Europa o en algún lugar remoto de los Andes. Otro día me contó de su viaje por este país, desde Chicago hasta Nueva Orleans, de Boston a San Francisco, en un viejo Chevrolet destartalado, tomando viejas botellas de whisky que le regalaban algunos vagabundos y que él llenaba con cualquier alcohol. Lo miré bien y aunque me agarró cariño, siempre supe que él no era mi verdadero padre, si es que alguno lo fue.

Estos son mis trece padres.

CLAUDIA SALAZAR JIMÉNEZ

(Perú, 1976). Estudió Literatura en la Universidad Nacional Mayor de San Marcos. Es Doctora en Literatura por la Universidad de Nueva York (NYU). Dirigió la revista literaria *Fuegos de Arena.* Ha fundado y dirige *Perufest,* el primer festival de cine peruano en Nueva York. Es editora de las antologías *Escribir en Nueva York* (Lima, 2014) y *Voces para Lilith* (Lima, 2011). Sus relatos han aparecido en diversas publicaciones electrónicas y en antologías. Su primera novela, *La sangre de la aurora* (Lima, 2013), fue ganadora del Premio Las Américas de Novela Hispanoamericana 2014. Ha publicado también el libro de cuentos *Coordenadas temporales* y la novela histórica-juvenil *1814 Año de la independencia.* Actualmente vive en Nueva York.

"Aquellas olas" pertenece a su libro *Coordenadas temporales* (Lima: Animal de Invierno, 2016).

Aquellas olas

La crudeza del mundo era tranquila. El asesinato era profundo.
Y la muerte no era aquello que pensábamos.
Clarice Lispector

Él por fin despierta. Abre los ojos y siente los párpados como
dos cáscaras de limón, duros. Estira su brazo debajo de la cintura
y luego, con cierto temor, debajo de la cadera. Encuentra un vacío.
Grande, tan grande, una estepa. Mierda, no se suponía que fuera
de ese modo. Agita la mano derecha sobre ese vacío. Araña, rasca
la sábana blanca. Mierda, piensa. Mierda, dice. Cortaron la que no
era. Pura sábana ahí donde debía estar una pierna. Su pierna. Lu-
cha contra la rigidez de las dos cáscaras de limón -no se quieren
abrir los ojos- y de pronto ve a su hija. Es una tarde fría, gris, verde casi. Sí, papá, le dice ella, sí, cortaron la que no debían. En una
limonada se van a convertir esos ojos. Él quiere llorar, pero resiste,
no debe hacerlo. Mierda, la que no era... *El vuelve de darse un*
chapuzón, se sacude el agua de la cabeza y te llama. Ven, hijita,
vamos al mar. Eres tan pequeña y tiemblas de pensar en entrar

ahí, al agua tan fría, con esas olas que dejan la espuma blanca y revuelven todo a su paso. Te pueden tragar esas olas tan grandes. Mejor no, papi, mejor después. Presientes que esta vez no te vas a escapar. Solamente hasta la orilla para que te mojes los pies, te dice, vamos. Él está ahí, de pie, sonriéndote y sólo gracias a esa sonrisa dejas el balde rojo y la pala amarilla abandonados en la arena... Cómo pueden ser tan brutos, Señor, cómo pueden ser tan incapaces. Se contiene, se muerde los labios, no puede mirarla directamente a los ojos así reducido, partido, incompleto. Él en su cama de enfermo y ella a su lado, mirándolo desde arriba. Una enfermera llega, por fin. Hablan, discuten, la enfermera intenta fingir la vergüenza. Ya viene el doctor, dice y sale. Esperemos, hijita. Ella se mantiene serena, le sujeta la mano y le dice que se encargará de todo, que ellos tienen que pagar por el error. Van a pagar, esto así no se queda. La cama de al lado está vacía, el colchón azul del hospital estatal que ha aguantado tantos cuerpos, humores, secreciones. ¿Cuántos realmente sanarían?, piensa ella mientras acaricia el rostro de su padre y envuelve sus manos entre las suyas; están tan huesudas y algo lastimadas por culpa de las agujas del suero... *Él te lleva de la mano y sientes la arena algo caliente, te hace dar saltitos. ¡La arena quema, papi¡ Él te levanta por el brazo, tu cuerpo parece una vainita. ¡Arriba, pequeño saltamontes! Llegan a la orilla después de un pequeño trecho, el agua fresquita, sonríes y él te lanza agua del mar, te salpica. Te levanta de los brazos hacia el cielo. Un salto inmenso. Otra vez, otra vez, le dices. Papi puede hacer eso mil veces y sin cansarse ni un poquito...* Los médicos llegan, hablan, no ha sido un error, hay que operar ahora mismo la otra pierna, la enferma, mejor dicho, la otra también, porque las dos realmente no estaban sanas. Pero, doctor, acá vinimos por la pierna enferma y no para que le corten la sana. Señor, señorita, entiendan, las dos piernas estaban enfermas, su padre tiene diabetes y por las señales de la otra pierna, tarde o temprano se la iban a cortar también, usted sabe que la diabetes... Una palabra detrás de otra, y siguen hilvanando motivos, razones, sinrazones. Que la mala, que la buena, que las dos están enfermas. Prácticamente le estamos haciendo un favor... *Esta vez eres tú la primera en correr hacia el mar ni bien llegan a la playa. Saltar sobre las olas, eso quieres. Papi corre detrás de ti y te levanta como si fueras un planeador sobre el agua y te deja caer como si hubieras hecho el salto tú misma. Los otros niños están jugando en la orilla, haciendo pozos aburridos o castillos algo deformados. No saben de lo que se pierden. A lo mejor sus papis son unos debiluchos y por eso no se atreven a meterlos al agua. Como mi papá no hay otro así de fuerte. Y ahora prefieres saltar sobre la espuma que toca la orilla, aunque a veces los restos de conchitas y muymuys te pueden dejar heridas en los pies...* La gangrena en el talón derecho es púrpura, casi negra, y está quieta, esperando pacientemente su momento de llegar a la orilla. Hay que operarlo esta misma noche. Ni hablar, dice ella, él está muy débil. No podemos esperar mucho, hay riesgos. Siempre hay riesgos, pero déjenlo recuperarse. Los médicos hablan ahora entre ellos. Tendrá que ser hoy mismo, esa pierna está muy mal. Claro, para eso fue que lo trajimos. Uno de ellos llena unos formularios, recetan nuevos medicamentos, listas y más listas. Nunca se oyen disculpas, sólo una decisión. Descansa, papá, mañana te van a operar... *El sol. Todo es luminoso. La sombra de papi evita que los rayos te caigan directamente al rostro. Arriba otra vez, ¡salta!, y él te levanta de los brazos, arriba, arriba y ¡chapuzón! El agua entra a tus ojos y te arden, pero no importa. A lo lejos ves una lancha de pescadores, ahí donde las olas parecen nacer. En la orilla, mamá descansa y lee una revista. Ojalá que no se aburra de leer y recuerde que ya se acerca la hora del almuerzo...* Cuando él abre nuevamente los ojos, ya apenas es una mitad. Pura mitad. No quiere decir nada, esquiva la mirada de su hija. Permanecen en silencio. Cómo decir algo sin que suene a lástima, a pena. Llegan los médicos y dicen que la operación fue exitosa. Él los mira y por fin abre la boca. ¡Era la única opción que tenían! ¡Animales!, les grita. Aprieta la sábana con los puños, cargado de rabia, una vena le salta cruzando la sien derecha y otra crece a un lado de la garganta. ¡Animales! Abusan porque ya me ven viejo, esto no se va a quedar así. No se altere, señor. El médico jefe, sin inmutarse –es imposible que el paciente se levante para golpearlo reitera el éxito de la operación y que esperan una recuperación pronta, aunque los resultados de algunos exámenes merecen una consideración especial, pero de eso ya hablarían más adelante. Se marchan... *El agua ya llega hasta tu cintura, el mar revuelve arena entre tus piernas. Párate así, de lado, mantén tus dos piernas bien firmes, te dice él mientras te va enseñando la posición, como el coloso de Rodas. Firme y seguro. Papi es muy grande. Tú también pones los brazos en la cintura. El reflujo arrastra el agua, las piedrecitas y la arena bajo tus pies, contorneándolos, como si te dejara flotando sobre la orilla. Volvamos...* Él ahora es pura mitad. Cómo me van a dejar así, todo cortado, hija, solamente me queda medio cuerpo. Ella le pide que se contenga, que no insulte ni les grite a los médicos pues de ellos depende su vida. Evitemos que te tengan cólera, hagamos de todo para que te saquen lo más rápido posible de aquí. Tranquilízate, papá, sé que tienes mucha rabia pero trata de contenerte... *Adentro, papi, llévame más adentro. No más saltos, ni resistir el reflujo o el reventón de las olas en la orilla, ahora quieres estar más cerca de la lancha de los pescadores, cerca de los pelícanos y las gaviotas que bajan en picada. Más adentro, le dices. ¿Estás segura? Y te toma en sus brazos. Te aferras a él y ves cómo las olas levantan a los pescadores, luego bajan. Suben nuevamente. Tres gaviotas se cansaron de caer en picada y ahora se dejan llevar libremente en ese vaivén. Papi te sonríe y sigue avanzando...* Tantas semanas en el hospital. El invierno ha llegado. La recuperación se hace lenta. Días y noches de enfermeras, revisiones, cápsulas, comidas desabridas, pastillas, jeringas, sueros, evaluaciones. Primero un espasmo, luego dolores en el pecho y la espalda. Él cada día come menos, casi no habla a pesar de que ella trata de animarlo, de contarle su día, del trabajo, del nuevo novio, quizás este ya sea el definitivo y se casen y lleguen los nietos. Tan contento lo pondrá que ella tenga hijos para enseñarles a nadar, a enfrentarse a las olas... *Cuando ves aquella ola formarse y crecer frente a ti, te asustas, entierras la cara en su pecho y sientes que se elevan como en un columpio para después bajar. Eso fue una ola, ¿ves que no pasa nada? No te vas a ahogar mientras estés conmigo. Te sacas las manos de la carita y volteas para ver cómo aquella ola rompe en la orilla. Otra vez. Y otra. Qué rara esa espuma, ya no es blanca sino amarillenta. Él metía la cabeza en el agua y la volvía a sacar. Tú le limpiabas el agua de los ojos. El sol brillaba para los dos ahí arriba. A lo lejos, la gente se iba haciendo más y más pequeñita. Ya estaban en la zona de los que sabían nadar...* Él no quiere hablar acerca de nada, ni siquiera se ha vuelto a colocar la dentadura postiza. Hace frío en esta tarde. Pasan más semanas, nuevas evaluaciones. Desfiles de enfermeras y de tubos llenos de sangre. Les dan un nombre, un diagnóstico, un decreto: neumonía intrahospitalaria. Un regalo del hospital, a cambio de sus dos piernas. El cielo grisáceo invita a ocultarse, a llorar, a no pensar y a quedarse estáticos, a acurrucarse bajo la frazada y aplastarse sobre el colchón. Procesos que demoran semanas y los médicos que siguen seccionando lo sano y lo enfermo. Las olas en los pulmones, la alarma se dispara y vienen enfermeras corriendo. Señorita, usted tiene que salir del cuarto. Tubos y jeringas, un respirador, el sonido inconfundible... *Sabes que él nunca te soltará cuando te dice que ya están muy adentro y que es mejor salir. Y sonríe mostrándote su dentadura perfecta. Su sonrisa es una invitación. No, papi, todavía falta mucho, vamos a dejar a todos atrás, vamos hasta los pescadores. Él te sostiene y siguen entrando hasta cruzar la línea donde nace la primera fila de olas. Todo es más calmado ahí. Te levantas sobre sus hombros y detrás de ustedes, hacia la playa, la ola naciente se extiende como una alfombra azul. Nadie ha llegado hasta aquí, papi, ¡somos los que estamos más al fondo! Sonríen victoriosos. Sí, hijita, nadie nos gana, mira ahí tan cerquita a los pescadores. Ellos los saludan. Volvamos a la orilla para contarle a tu mami hasta dónde llegamos...* La máquina sigue sonando con ese ritmo cadencioso que enrolla y desenrolla las bocanadas de vida. El agua llega hasta su cuello, va llenando sus pulmones. ¿Qué es ese olor tan raro? Dejaron la puerta del cuarto abierta y su hija puede verlo. El cuarto parece teñirse de una lámina amarilla como la espuma de aquellas olas. Él siente que se le escapa el aire, reducido a pura mitad y sin piernas. Se va a hundir. Ahora es el agua entrando donde no debe. Quiere respirar, pero hay demasiada agua. Un estertor. ¡Papá! Aquella ola amarillenta ya no regresa.

VERA

(Argentina, 1977). Hernán Vera Álvarez, a veces simplemente Vera, es escritor, dibujante y editor. Vivió ocho años como un ilegal en los Estados Unidos. Ha publicado los libros de relatos *Grand Nocturno* y *Una extraña felicidad (llamada América)*, el de comics *¡La gente no puede vivir sin problemas!* y la novela *La librería del mal salvaje*, que ganó el Florida Book Award. Es editor-at-large de Suburbano ediciones. Es editor de las antologías *Escritorxs Salvajes, Miami (Un)plugged* y *Viaje One Way*.

La hermana de Fernando

1

Los Gutiérrez eran de esos chicos del barrio que no dejaban que nadie entrara a su casa. Siempre se interponían entre el visitante y la puerta, como para poner distancia, y que no husmeara por dentro. A lo sumo se quedaban jugando a las cartas en el zaguán. En cambio, con Fernando, ni siquiera pasaba eso. Él vivía en el viejo edificio de arquitectura española de la cuadra de los Gutiérrez. Había que tocar el portero eléctrico y él en seguida bajaba, era mejor así. Pocos meses atrás se había mudado al barrio. Su familia era de las afueras de la ciudad, aunque el papá trabajaba en el centro, por Tribunales.

El hombre era bajito, con el pelo rubio canoso, y la mamá gorda, de piel oscura, con rostro aindiado. Fernando se parecía a ella, por eso la gente decía que el padre en verdad era otro. Eran rumores. También se decía que tenían una hija, pero nunca salía con la familia. Nadie la había visto. La madre caminaba sola por el barrio para hacer las compras. A veces, sobre todo los fines de semana, iba acompañada del marido.

Fernando era un poco más grande que los otros chicos de la cuadra. Fumaba los Pall Mall que le sacaba a la mamá, hablaba de mujeres, tenía revistas pornográficas. Los Gutiérrez no las querían ver; con Chelo y Santi no había esos problemas. Fernando tenía una novia en su antiguo barrio y había estado con otras. Era un hombre, así al menos lo miraban sus nuevos amigos que recién ahora les empezaba a salir pelo en las axilas y llevaban una sombra inocente por bigote.

2

—¿Cuándo sale?—preguntaba con ansiedad Santi sentado a la orilla de la cama. Chelo permanecía en silencio, concentrado al igual que Fernando, que se masturbaba en medio de la habitación. Era verano, a la hora de la siesta, y la respiración de los tres se hacía más pesada, como pegajosa entre el calor de las cuatro paredes.

Nunca habían visto semen, pero alguna vez habían escuchado que era parecido a la leche, una especie de orina más pálida y aguada. Durante los últimos meses, cuando Chelo iba al baño, se imaginaba que podría salir ese líquido blancuzco, como les ocurría a los que ya eran hombres. Antes de que el chorro de pis golpeara contra el agua del inodoro, Chelo se quedaba observando sus genitales, con esperanza, como ahora ante los de Fernando, que agitaba cada vez más rápido la mano derecha mientras tenía la mirada puesta en la puerta del cuarto.

De pronto, un gemido y su cara se desencajó en un cansancio placentero y un chorro blancuzco y espeso cayó sobre la alfombra celeste. Chelo y Santi jamás olvidarían esa tarde, como tampoco la de muchas semanas después, cuando por fin tuvieron semen entre los dedos.

3

La novia de Fernando tenía tetas grandes con los pezones rosas, como a él le gustaba. Las de otro color eran más comunes, decía apoyado sobre el Dodge 1500 abandonado en la esquina del campito. Había que tocarlas despacio, eso las calentaba, aconsejaba fumando un Pall Mall. Los amigos la imaginaban parecida a la hija de Coldeira, que era bajita, retacona, pero el uniforme del colegio dejaba entrever un culo bien formado.

La novia de Fernando nunca vino para la ciudad. El que lo hacía de vez en cuando era un tal Ariel, un amigo de su antiguo barrio, también de rostro aindiado, pero más alto y flaco. Fumaba Pall Mall, aunque no se los robaba a nadie, se los compraba con la plata que hacía trabajando en un supermercado. Cuando venía, los Gutiérrez se quedaban en la casa, preferían mirar televisión o jugar entre ellos. A Santi le habían dicho la verdad: sus padres no los dejaban juntarse con ese chico, había algo que no les gustaba.

A Santi nunca le importó y, más bien, disfrutaba la compañía de Ariel como la de Fernando, pero más la de Ariel. Una tarde se había peleado con Chelo por no haberlo esperado para jugar fútbol en el campito y Ariel salió a defenderlo. Creo que ahí nació un lazo más profundo, como una amistad que no necesita de verse todos los días.

4

La fiesta de cumpleaños de la hija de Coldeira fue una de las gratas sorpresas del verano. Los Gutiérrez compraron ropa en la galería Río de la Plata y Chelo se ilusionó que esta vez conseguiría el valor para proponerle ser su novio. Como Santi se encontraba visitando familiares en el Sur, no pudo ir. A Fernando simplemente no lo invitaron. Tal vez porque era nuevo en el barrio y no se lo conocía muy bien.

Pero Fernando no se enojó ni se puso triste. Con muchas ganas aconsejó a Chelo para que esa noche se animara con la hija de Coldeira. Como muestra de amistad le regaló una petaca de whisky, eso ayudaba en momentos difíciles, le dijo mientras le daba unas palmadas en la espalda. Él sabía de estas cosas, era un hombre.

5

Cuando regresó al cabo de tres semanas, Santi se enteró de lo que había pasado en la fiesta. Esa noche, la hija de Coldeira había presentado a un muchacho como su novio que, para orgullo del padre, era hijo de un médico. El whisky, que había servido para darle valor a Chelo, se volvió el estimulante ideal para una tristeza infinita. Santi lo consoló como pudo, aunque sin suerte.

Fernando escuchó la historia con las manos en los bolsillos y en silencio, pensando vaya a saber qué cosa.

6

El sábado jugaron un partido de fútbol con los vecinos de la otra cuadra, en el campito. Como premio habían hecho un pozo con algunos billetes. En la tarde pasó Ariel y se sumó al juego. Traía un osito de peluche. De rencoroso, Chelo le preguntó:

—¿Es para la hermana de Fernando?

Ariel no contestó, pero si Fernando lo hubiera escuchado es capaz de darle un sopapo por irrespetuoso.

El partido lo ganaron los vecinos. Como prueba de amistad compartieron cigarrillos y una Coca-Cola bien helada.

7

Por fin, una noche de febrero, Fernando los llevó al prostíbulo. Con una creciente excitación Chelo y Santi subieron las escaleras de la vieja casona, oculta en las inmediaciones del parque Saavedra. El tipo que atendía era un gordo en mangas de camisa. Anotaba en un cuaderno lo que pagaban los clientes y les daba un papelito con un número. Sacaron quince minutos, lo que alcanzaba.

Cuando cruzaron las cortinas de bambú se sumergieron en una atmósfera de luces rojas y humo de cigarrillo. Era un cuartito con algunas mesas donde las prostitutas vestidas en ropa de baño charlaban con los clientes. Una de pelo rubio oxigenado se acercó para ofrecerles cerveza. Fernando aceptó los vasos, y se fue con ella.

Cuando el cuartito se fue vaciando, recién entonces las prostitutas se acercaron a Chelo y Santi. Se presentaron como "Topacio" y "Alejandra". Por el acento no eran argentinas, pero los jóvenes no supieron exactamente el país. Topacio era alta y con el pelo rojizo enrulado, de caderas fuertes; Alejandra llevaba el pelo negro hasta la cintura, era más delgada, pero con tetas grandes. Unas cuantas palabras, una caricia entre las piernas, y los muchachos les entregaron los números.

8

Cruzaron un patio largo donde había puertas enfrentadas. Lo único que se oía era el taco de los zapatos pegar sobre las baldosas de dibujos de flores. Topacio trajo una palangana y les lavó los genitales. Esa actitud maternal excitó a Santi, que ahora les contaba a los hermanos Gutiérrez las peripecias de la otra noche, aunque omitía este detalle.

Los Gutiérrez no parecían muy interesados en la historia. Uno de ellos dijo que eran unas negras. "Son como Fernando y el amigo. El día que debute no será con una puta", contestó con desprecio.

Santi pensaba que debía estar agradecido a Fernando. Si le habían pagado un turno en el prostíbulo era por su gesto, nomás. Esto tampoco se los dijo a los hermanos que, en el fondo, los intuía resentidos por no haber estado todavía con una mujer.

9

Lo de la hija de Coldeira con el novio terminó en marzo, como buen amor de verano. Ella no parecía triste, caminaba por el barrio sola o con alguna amiga más bien aliviada. Chelo la veía pasar y eso era una tristeza. Quería hacer algo antes de que alguien se le adelantara en la conquista. Hacía rato que no escuchaba los consejos de Fernando, a diferencia de Santi que todavía veía en él a un muchacho con experiencia.

—Las minas son como las chapas—repitió lo que le había dicho Fernando–, si no las clavas se vuelan.

10

Al día siguiente los vecinos de la otra cuadra quisieron jugar un partido. Había ganas, pero faltaba la pelota. La última vez se la había llevado Fernando a la casa, y ahora estaba en su antiguo barrio, porque extrañaba a su novia. A uno de los vecinos se lo ocurrió pedirle la pelota a la madre.

Chelo aprovechó y se mandó al departamento, en el momento que alguien entraba al edificio. Después le comentó a Santi que sólo quería ver a la hermana de Fernando. Golpeó la puerta, pero nadie atendió. Lo hizo otra vez porque sabía que estaba la madre, a esa hora de la siesta y con el calor del verano, ¿quién podía soportar el asfalto de Buenos Aires? La madre le contestó detrás de la puerta, en voz baja, como si estuviera enferma o alguien descansase muy cerca de ella. Nunca abrió la puerta, y le mintió a Chelo de que no tenía ninguna pelota.

Los dos amigos se quedaron fumando durante un rato largo.

11

De tanto en tanto, Chelo se cruzaba con la hija de Coldeira los domingos en la misa de las ocho de la noche. Si hablaban, el tema podía ser algo del colegio o un grupo extranjero que tocaba en Vélez, o una discoteca nueva en Palermo. Esas cosas que sin pensarlo demasiado se vuelven referencia y luego puntos en común que forman una intimidad.

La noticia por esos días fue que Fernando debía mudarse. El alquiler había aumentado, y la familia no llegaba con el sueldo. Por suerte, a dos cuadras de su departamento encontraron una casita vieja que, con algunos arreglos, podría ser confortable. Por la mudanza, decían los Gutiérrez, la hermana tenía que salir. En abril se terminaba el contrato. Era cuestión de esperar el último fin de semana que seguro lo harían durante la noche. Chelo propuso el plan: se quedarían hasta tarde jugando a las cartas en el zaguán de los Gutiérrez. En algún momento deberían dejar el departamento.

Esa semana Santi apenas logró dormir. Pensaba en la hermana de Fernando, que se la imaginaba gorda y cobriza, con el pelo largo y descuidado, una versión de la madre, pero atroz.

12

El viernes, entre juego y juego, se hizo casi de madrugada. Chelo comentó que la hermana sería más grande que Fernando. Andaría por los veinte años. "Por ahí es ciega", dijo uno de los Gutiérrez. "Eso se hereda. El padre tiene problemas en la vista. Usa anteojos culo de botella".

Esperaron un rato más, pero del edificio no salía nadie. Cuando el pozo acumuló los suficientes pesos jugaron la última partida, y la ganó Santi.

Se despidieron con la ilusión de que el sábado sería el día.

13

Pero el sábado no ocurrió nada. Tomaron cerveza con Coca-Cola, Chelo contó algunos chistes y ganó el pozo. Esa alegría era por pensar en la hija de Coldeira, en los encuentros, y la esperanza de enamorado que cubría sus horas.

Cuando los Gutiérrez se fueron a dormir, Chelo dijo que tal vez la hermana de Fernando no existía. A Santi la idea no lo convenció: debía estar todavía en el departamento.

Recién el domingo al caer la tarde los Gutiérrez y Santi se juntaron. Conversaron de fútbol, de la goleada de River que ahora peleaba el ascenso.

Pero para los amigos ese domingo no será recordado por la goleada que River le hizo a Arsenal. Con los años, en alguna sobremesa, solo cuando los hijos se vayan a jugar por ahí, y las esposas se reúnan, un Santi aturdido por la adultez y el cansancio, volverá tímidamente sobre el tema, como un esbozo de adolescencia, recordando ciertos nombres perdidos en un barrio cambiado por la urbanización y la muerte.

Será como tomar una pesadilla prestada que alguna vez se metió en sus sueños, porque todo lo que supieron sobre esa noche fue a través del relato de Chelo, que luego de acompañar a la hija de Coldeira a su casa, y por fin darle un beso, regresaba con una felicidad que nada parecía romper, hasta que entendió de una buena vez a esa pobre familia.

En medio de la noche lenta y pesada, del hall del edificio salieron la madre y el padre de Fernando. Arrastraban una silla de ruedas que llevaba un cuerpo pequeño pero con una cabeza de adulto. Segundos antes de ver el osito de peluche entrelazado en unos brazos largos y flacos, lo que sobresalió de aquella figura fue una cara similar a la de Fernando que, riéndose al vacío, con la mirada furtiva, sacaba la lengua húmeda, como un niño perdido.

MELANIE MÁRQUEZ ADAMS

(Ecuador, 1976). Es autora de la colección de cuentos *Mariposas Negras* (Eskeletra, 2017) y de un libro de ensayos personales a ser publicado en el 2020 por Katakana Editores. Su obra en inglés y en español aparece en varias antologías y revistas literarias. En el 2018 recibió un Iowa Arts Fellowship para cursar el MFA en Escritura Creativa de la Universidad de Iowa. Es coeditora de las antologías *Ellas cuentan: Crime Fiction por latinoamericanas en EEUU* (Sudaquia) y *Pertenencia: Narradores sudamericanos en Estados Unidos* (Ars Communis). En el 2018 recibió el primer lugar en los International Latino Book Awards por su edición de la antología *Del sur al norte: Narrativa y poesía de autores andinos.*

El silencio bajo el agua

Todo empieza con unos golpecitos en tu banca: *Hello… ¿anyone there?* Una frase, como el encantamiento de una bruja. Tus compañeros de cuarto grado te miran raro, algunos con ojos de burla. Pero lo peor es el rostro de la maestra que te escudriña como si fueras un misterio—te habla despacio y tensa la garganta con cada sílaba. Te recuerda la manera en que te hablaban hace algunos años cuando te mandaban a clases de *ESL*. Explicas a la maestra que no, que no estabas distraída, que simplemente estabas tomando apuntes en tu cuaderno y que de verdad no escuchaste las tres veces que dijo tu nombre para que respondieras la pregunta que hizo a la clase. *Okay,* te dice la Miss Douglas, pon más atención. Piensas que estás a salvo y respiras aliviada. No sientes todavía el silencio que te acecha.

Dos semanas después, tu madre te regaña por ignorar su llamado desde la cocina: necesita que pongas la mesa. Luego es tu padre quien se molesta, una tarde en el coche después de misa, porque no respondes a su intento de conversación. *I'm sorry, I didn't hear you,* dices a mamá, a papá, a la Miss Douglas, a tu amiga Laura, a Cristina y pronto no te alcanzan los *I'm sorry* y sabes que algo te está pasando. Se lo comentas a tus padres. Ellos te dicen que seguro es algo pasajero, que te sientes en la primera fila y que no despegues los ojos de la maestra para que así no te tome desprevenida, que mejor no digas nada: si en la escuela piensan que no eres normal, no van a dejar que regreses. Eso te preocupa porque te gusta ir a la escuela. Bueno, por lo menos te gusta más que estar todo el día en el apartamento —el destino de tu hermana mayor desde que la sacaron de la escuela por ser una *troublemaker*. Todo lo que hace es pelear con mamá porque no ayuda a limpiar, a cocinar. Tú no quieres acabar así y obedeces a tus padres: por un tiempo no dices nada a nadie más.

Mientras tanto los sonidos a tu alrededor se vuelven más y más lejanos: como si los estuvieras escuchando desde algún lugar bajo el agua. Recuerdas las competencias con tus primos para ver quién aguantaba más tiempo sin respirar bajo el agua. Siempre perdías porque te desesperaba ese silencio oscuro que te rodeaba de repente—aquella sensación de que una bruja mala se estaba apoderando de tus oídos. Levantabas la cabeza, rompías el encantamiento. Volvías al mundo de los sonidos y escuchabas feliz las risas y los gritos a tu alrededor.

No quieres que en la escuela piensen que no eres normal, así que te sientas cerca de la maestra y pones toda la atención en sus labios, en sus gestos, y aunque el embrujo del silencio te atrapa y no la puedes escuchar por completo, adivinas casi siempre lo que te está preguntando. Es como si tuvieras casi todas las piezas de un rompecabezas—el problema es que cada vez son menos las piezas que puedes encontrar. El silencio te envuelve más y más arrastrándote a la guarida de la bruja mala, una caverna en el fondo del mar donde no crecen las flores. Donde solo hay ruinas y oscuridad. Entonces dices no sé y sonríes. A veces solo sonríes—mejor que piensen que eres tonta y no anormal. Muchas veces has escuchado a papá decirle a tu hermana que calladita se ve más bonita. Esa debe ser la solución: si callas, a lo mejor la bruja se olvida de ti y deja de acecharte.

Pero la bruja mala no se olvida de ti y con el pasar del tiempo la Miss Douglas y los otros maestros no pueden ocultar su irritación. Algo en ti no los termina de convencer. Acabas en la enfermería donde te ponen unos audífonos y te hacen varias preguntas. La enfermera llama a tus padres y les dice que deben llevarte al doctor para que te pongan unos aparatos en los oídos. Preguntas si eso significa que te vas a quedar sorda como la chica del *TV show* y la Miss Douglas te dice que mejor se lo preguntes a tus padres. Ellos te dicen que esas son cosas de los americanos, que dejes de pensar en tonterías. No dan importancia a las llamadas, tampoco a las notas que llegan de tu escuela, hasta un día en que reciben una carta con un sello grande y rojo. Mamá no te deja leer las notas, las rompe en varios pedacitos y luego deja que el triturador de basura se encargue de desaparecerlas por completo. Pero de la última no se deshacen y ves a mamá guardarla en uno de los cajones de la cocina. Durante la madrugada—siempre te levantas con una sed enorme a esa hora—puedes leerla por fin.

Tus ojos recorren con desesperación el papel blanco. Esperas que esa hoja contenga la clave para romper el embrujo. Buscas la palabra *deaf* pero no la encuentras. Todo lo que dice la carta es que necesitas *hearing aids,* que con ellos podrás escuchar normalmente. También dice que tus padres tienen una semana para llevarte a que te pongan los aparatos o no podrás regresar a la escuela.

El momento en que alcanzas a ver aquellos bichos horrorosos hundidos en las manos del doctor sabes que los vas a odiar para siempre. Se prenden como garrapatas. Duelen. El único consuelo que recibes por tus lágrimas es un *lollipop* y cuando estás sola en tu cuarto lo lanzas con furia: lo pisas una y otra vez hasta que se convierte en una mancha roja.

Nadie más en la escuela tiene *hearing aids*. Intentas esconderlos, pero heredaste el pelo malo de mamá, ese que se rebela a quedarse donde necesitas que se quede para ocultar a los bichos. El doctor mostró a tus padres diferentes modelos—algunos no se hubiesen notado tanto—pero ellos escogieron los más grandes y feos. Los más baratos. Nuestro dinero es para cosas importantes dice papá cuando imploras que te compren los aparatos más pequeños.

En la escuela te señalan. Se burlan. Muchas veces te escondes en el baño durante el recreo para evitar la tortura. La Miss Douglas te encuentra allí un día. Lloras y le pides que te ayude con tus preguntas. ¿Te vas a quedar sorda? Has leído que algunas personas sordas tampoco pueden hablar: ¿te va a pasar eso? Si ya se te está haciendo difícil entender inglés, ¿en algún momento se te hará imposible entender español? Si no puedes conversar en español, no podrás comunicarte con varias personas de tu familia. Piensas en tu abuelita que te llama todas las semanas por Skype.

La maestra solo dice, *I'm sorry, I'm so sorry* y te aconseja sentarte al frente de la clase, que seguro eso te ayuda a no atrasarte con el material. *It's going to be okay* es lo último que te dice dándote unas palmaditas en la espalda. Sabes muy bien lo que eso significa.

Pasan las semanas y los meses. Tú sigues aguantando las burlas de tus compañeros. Sigues sin conocer a otros niños como tú.

Cada vez se te hace más difícil ir a las fiestas de cumpleaños. Los bichos hacen que todo suene extraño y demasiado alto, que los sonidos se mezclen en un ruido insoportable. Cuando te sacas los aparatos para las *pool parties* o en los *sleepovers* a la hora de dormir—en realidad la hora de contar *scary stories*—escuchas muy poco. Casi nada.

Rezas y rezas: te portas bien, haces la tarea y obedeces. Le pides a Dios y a la Virgen que te curen, que te hagan normal de nuevo. Ya estás cansada de que te pregunten por qué necesitas esas cosas horribles, de que te pregunten si eres retardada—de que te llamen retardada. Sientes que si la gente te lo dice tanto, a lo mejor es cierto: *there's something wrong with you.* Que ignores esos comentarios, dice mamá, que seas más fuerte: ellos enfrentaron cosas mucho peores para llegar a este país, para poder darles a tu hermana y a ti una mejor vida de la que ellos tuvieron. ¿Así les pagas? ¿Amargándote por tonterías?

Tus padres y tu hermana llegaron desde una ciudad pequeñita de Sudamérica unos meses antes de que nacieras. Cuando mamá tenía más tiempo—antes de que tuviera que ayudar a papá en el trabajo—te contaba historias de un sitio lejano lleno de lagos y montañas: uno que te recuerda a esos lugares descritos en los cuentos de hadas. Esos lugares donde los finales siempre son felices. No como en esta ciudad gris y sucia donde al levantar los ojos al cielo lo único que te encuentras son edificios. No entiendes por qué tus padres prefieren estar aquí cuando pudiesen vivir en aquel lugar hermoso. Tal vez allí podrías estar a salvo de la bruja mala y su caverna silenciosa. Tal vez en el fondo de esos lagos azules habitan brujas buenas que te pueden ayudar, que te pueden dar una pócima para romper aquel terrible encantamiento.

Pero nadie escucha tus rezos—quizás Dios y la Virgen se están quedando sordos también—y ninguna bruja buena viene a tu rescate. La rabia se apodera de ti y ya no encuentras el sentido de ser una niña buena. Dejas de obedecer y de hacer la tarea. Ya estás harta de los bichos que te gritan, que te muerden. Harta de no sentirte parte del mundo de tus compañeros y de tus amigos, de darte cuenta que poco a poco te dejan de invitar a sus salidas. Harta de nadar contra la corriente. Te sientas en la última fila, lo más lejos posible de los maestros. No prestas atención y te regañan y regañan. Eres el deleite de los *bullies*. Ignoras las pocas invitaciones que recibes y pasas más y más tiempo en casa. Tus padres reciben tu reporte de calificaciones y se enfadan. Te castigan. Para ti es un premio porque te dan la excusa perfecta para no ir a ningún otro lado que no sea la escuela.

Entre el regaño constante de tus padres y maestros, que te lleven a la oficina del *principal* porque te niegas a participar en clase, que te manden a *detention* donde lo único que consiguen es que más gente te use como su payaso personal, y darte cuenta que cada semana escuchas menos y menos sin los odiosos bichos—saber que vas a depender de ellos para siempre—algo se rompe dentro de ti y un agua oscura se va acumulando en tu interior. Agua que no puedes contener. Agua que te arrastra. Entonces, al despertar de una de tus habituales pesadillas—de esas en que la bruja de la caverna no solo te roba los oídos sino también la voz—sabes lo que tienes que hacer.

Esa misma tarde, al regresar en bus de la escuela, te bajas algunas estaciones antes de tu destino final y caminas un par de cuadras hasta el parque. Te apoyas en la baranda sobre el río: liberas tus oídos de los aparatos y los arrojas sin pestañear. Contemplas el agua turbia y espesa que se extiende hacia los edificios y mientras te sumerges en el silencio, todo se va alejando. No solo te has desprendido de los bichos con dientes sino del mundo entero. Sabes que luego de regañarte por perderlos, papá te dirá que tú misma te lo buscaste, que no hay dinero para otros aparatos y que ya no podrás ir a la escuela. De ahora en adelante vivirás encerrada en un apartamento igual que tu hermana. Al menos por un buen tiempo. El necesario para que la bruja mala te termine de arrastrar a las profundidades de su caverna. Piensas que cuando acabes de llegar al fondo, cuando estés ahí, en el oscuro silencio bajo el agua, una de las brujas buenas que habitan los lagos azules se compadecerá de ti. Te regresará tus oídos, tu voz, y te empujará hacia la superficie. Entonces podrás respirar.

NAIDA SAAVEDRA

(Venezuela, 1979). Es escritora de ficción, crítica
literaria y docente. Ha publicado *Vos no viste que
no lloré por vos* (2009), *Hábitat* (2013), *Última
inocencia* (2013), *Vestier y otras miserias* (2015) y
Desordenadas (2019). Sus cuentos han aparecido
en diversas revistas literarias y antologías. Saavedra
posee un Ph.D. en Literatura Latinoamericana de
Florida State University y su investigación aborda la
literatura Latinx, centrándose en los temas del (des)
arraigo y la posmodernidad. En su libro, *#NewLati-
noBoom* (El BeiSMan PrESs, 2020) Saavedra estu-
dia el movimiento literario en español del siglo XXI
propio de los Estados Unidos. Actualmente reside en
Massachusetts, donde es investigadora y profesora
en Worcester State University.

Bloody Mary

Una vez más. Otro chorro. Rojo, encendido, caliente. Naty se miró al espejo y recordó de repente que no tenía suficientes toallas sanitarias para una semana. Fue al baño y contó cuántas le quedaban: cuatro. Con el nivel de flujo, eso solo le alcanzaba para un día.

Bajó las escaleras y le dijo a Ricardo que tenía que ir al Walgreens. Como era sábado no tenía que preparar loncheras ni esperar el bus escolar. Todo tranquilo.

Agarró las llaves con ligereza y salió dando saltos juguetones. Había un poco de nieve pero no había hielo. No se iba a caer. Tocó la madera de la baranda de la entrada para invocar la buena energía. Este era el tercer invierno que pasaba en Winterland y no se había caído hasta ahora, *so far*. No tenía que pensar en estas cosas cuando vivía en el sur. Suspiró.

El Walgreens quedaba en el suburbio de al lado. Donde vivía Naty no había farmacia. Tampoco había supermercado. Ni semáforo. Su hijo, que estaba en segundo grado, le había contado que vivían en un suburbio porque necesitaban un carro para ir a las tiendas; en las urbes, dependiendo del área, era probable ir a comprar a pie. Eso se lo enseñó la maestra.

En los pasillos de la farmacia nada la distrajo. El objetivo era llegar al rincón que hacían la sección de perfumes y la de maquillaje. Allí comenzaba el estante transversal que albergaba las toallas sanitarias. Las que Naty comenzó a adquirir luego de que su periodo se convirtiera en un río caudaloso, se encontraban justo a la derecha, de últimas. Agarró un paquete de veinticuatro.

Al abrir la puerta del carro para regresar a casa notó una mancha ovalada, de tonos marrones, en el asiento gris. Los pensamientos de Naty se trastocaron y por unos segundos no halló respuesta a su interrogante sobre la existencia de la mancha. Se le vino a la mente esa nueva app que muestra un cuadro encima de la cabeza de quien mira el celular donde, al azar, aparece un torbellino de imágenes que van desde princesas de Disney hasta personajes de Pikachu. Así volaban por la mente de Naty las posibles razones del origen de la mancha hasta que finalmente se le ocurrió detenerse en su propio cuerpo. La sangre.

Bajó la vista. A través de los *leggings* azules podía verla. Se había traspasado. Todos los muslos estaban ensangrentados. Entró en pánico y titubeó sobre qué debía hacer. Decidió subirse al carro y arrancar; con algún producto tendría que quitarse la mancha de sangre del asiento del carro.

En casa, con el teléfono en la oreja y mirando los ojos desorbitados de Ricardo, Naty pensó en la regla del mes pasado. Se desesperó un poco porque no recordaba exactamente si le duró ocho o nueve días. Fue a su escritorio improvisado y buscó en la *laptop* la hoja donde llevaba control de las fechas. Realmente no era control; todo era un desastre, ella solo apuntaba los días para sentir que tenía las riendas de sus hormonas. La enfermera la interrogó por teléfono.

—*Are you using a tampon or a pad?*

—*A pad.*

—*How often do you have to replace it?*

—*Every forty minutes or so.*

Una hemorragia, definitivamente. Naty se fue a la emergencia por sugerencia de la enfermera con la que habló. Por supuesto que llamó al doctor Yang pero aquí no se puede hablar con los médicos directamente. Siempre hay alguien de intermediario, siempre hay que llamar al consultorio. Rumbo al hospital recordó cuando vivía en su otro país y podía llamar directamente a los médicos, incluso podía hacer citas con especialistas sin necesidad de *referrals*. No sabía cómo decir esa palabra en español. No era parte de su vida cuando vivía allá.

Le inyectaron una sustancia para detener el sangrado. Lloró de nervios antes que la puyaran, realmente sin saber por qué. Estaba sola. Ricardo se quedó con los niños. Le pesaba no estar con él en ese momento; los problemas de salud son problemas familiares. ¿Por qué era tan difícil de entender aquí? Quería tener a Ricardo al lado y sentir sus caricias en el pelo mientras se preguntaba una y otra vez qué cosa mala había en sus entrañas, por qué sangraba tanto. Después de tener a sus hijos y de cortarse las trompas se había sentido liberada de la pastilla pero comenzó a tener periodos más y más abundantes y era algo que la incomodaba mucho. No estaba enferma. Era un proceso de la mujer de mediana edad. Es que así es el cuerpo femenino, las hormonas siempre se vuelven locas. Qué frases tan idiotas.

Antes de salir de la emergencia ya le habían hecho una cita con su ginecólogo. Eficiencia, eficiencia, pensó.

El doctor Yang le dijo que tenía cuatro opciones.

—*We do nothing and you keep bleeding heavily, you take the pill, use an IUD, or we do a quick surgery, endometrial ablation.*

No quería seguir con un incontrolable flujo, no quería tomar la pastilla. Luego de que el doctor le explicara que la operación consistía en quemar las paredes del útero, decidió intentar con el aparato intrauterino. Naty sangró durante tres meses seguidos. *Non stop.*

—*Your body did not accept the IUD.*

Naty volvió a sucumbir frente a la pastilla. No quiso someterse a la operación. Se lamentó mil veces porque la libertad que había obtenido al cortarse las trompas no le duró mucho tiempo. Sutilmente, el médico le indicó que no había nada maligno reinando dentro de ella, *it was a matter of age.* Con cuarenta años se sentía anciana. Era todavía joven para pasar por la menopausia y según el doctor no había síntomas; solo que los órganos envejecen, como todo. El útero no funcionaba normalmente y había que darle un empujón.

Del Walgreens llamaron a Naty para informarle que el seguro no procesó la orden de las pastillas, *who knows why.*

—¿Quién se va a drogar con pastillas anticonceptivas? ¿Quién?

Harta de tantos contratiempos y luego de llamar, sin éxito, al seguro, decidió tomar en cuenta la primera opción que le dio el doctor Yang: no seguir ningún tratamiento y sangrar como una manguera a propulsión.

Pensó que en Amazon habría algo que pudiera ayudarla. Eso le gustaba de este país. Con un *click* se solucionaba todo, incluso en Winterland donde se hacían *deliveries* a -8F. En Amazon encontró unas Postpartum Menstrual Period Protective Cotton Panties. Tenían casi cinco estrellas.

Check out.

Click.

Done.

En dos días llegó el paquete a casa de Naty y en tres se asomó la regla. Naty la miró fijamente y le dijo que no cantara victoria. Estaba preparada para ella. Vigorosa, empoderada y con una toalla sanitaria adherida, se puso las pantaletas, gruesas y anchas, con doble tela para evitar derrames. En ese instante escuchó una voz de mujer, una voz que nunca había oído. Provenía de entre sus piernas. Jaló la elástica de la pantaleta y las palabras volaron con alto volumen.

—*I'm back.* No me puedes esconder.

Naty se dio cuenta que eran dos y no una, que tenía que pelear para ser la reina de su territorio. Le puso nombre a la voz y le contestó.

—*Shut up,* Bloody Mary. Aquí la que manda soy yo.

MALES CRÓNICOS

LILIANA COLANZI

(Bolivia, 1981). Ha publicado los libros de cuentos *Vacaciones permanentes* (2010) y *Nuestro mundo muerto* (2016). Fue seleccionada entre los 39 mejores escritores latinoamericanos menores de 40 años por el Hay Festival, Bogotá39 del 2017. Vive en Ithaca, Nueva York, y enseña literatura latinoamericana en la universidad de Cornell. *Nuestro mundo muerto* ha sido traducido a cinco idiomas.

"Meteorito" pertenece a su libro *Nuestro mundo muerto* (La Paz: El Cuervo, 2016).

Meteorito

El meteoroide recorrió la misma órbita en el sistema solar durante quince millones de años hasta que el paso de un cometa lo empujó en dirección a la Tierra. Aún tardó veinte mil años en colisionar con el planeta, durante los cuales el mundo atravesó una glaciación, las montañas y las aguas se desplazaron e incontables seres vivos se extinguieron, mientras que otros lucharon con ferocidad, se adaptaron y volvieron a poblar la Tierra. Cuando finalmente el cuerpo ingresó a la atmósfera, la presión del choque lo redujo a una explosión de fragmentos incandescentes que se consumieron antes de llegar al suelo. El corazón del meteorito se salvó de la violenta desintegración: se trataba de una bola ígnea de un metro y medio que cayó en las afueras de San Borja y cuyo espectacular descenso de los cielos presenció una pareja que discutía en su casa a las cinco y media de la mañana.

Ruddy se levantó a lavar los platos cuando todo estaba oscuro. Abandonó el cuarto de puntillas para no despertar a Dayana, que dormía con la boca abierta, emitiendo gruñidos de chanchito.

Se detuvo en el pasillo a sentir la oscuridad, todos sus poros atentos a las emanaciones de la noche. Los grillos chirriaban en un coro histérico; desde lejos le llegó el relincho cansado de los caballos. Otra vez su cuerpo vibraba con la energía mala. Avanzó hasta la cocina y encendió la luz. Los restos de la cena seguían en el mostrador, cubiertos por un hervor de hormigas: Ely, la empleadita, había faltado ese día, y Dayana apenas se ocupaba de la casa. En el campo uno se olvidaba de guardar la comida y los bichos devoraban todo en cuestión de horas. La idea del ejército de insectos bullendo sobre los platos sucios lo inquietaba al punto de empujarlo de la cama. Fregó cada uno de los platos y ollas con vigor, y la actividad logró erradicar por un momento algo de la energía mala de su cuerpo. Se sintió triunfante: había vencido a las hormigas. Capitán América, pensó. Luego secó la vajilla y la ordenó para guardarla. Estiró el brazo para abrir la alacena, pero al acercarse al mostrador su panza rozó por accidente el borde de la mesa. Los platos cayeron en cascada y el estruendo se expandió por toda la casa.

Se quedó de pie, aguardando tembloroso a que Dayana lo encontrara en calzoncillos en medio del estropicio y lo acusara de andar saqueando la cocina en busca de comida a sus espaldas. Pero nada se movió en la oscuridad. Barrió el destrozo sintiéndose estúpido y culpable, se sirvió un vaso de Coca Cola y se sentó a oscuras en el sofá de la sala, incapaz de volver a la cama pero sin saber qué hacer.

Había empezado a dormir mal desde que el doctor le recetara las pastillas para adelgazar. Era como si su cerebro trabajase a una velocidad distinta, incapaz de bloquear los pensamientos insistentes o los ruidos de la noche. Se despertaba sacudido por un golpe de adrenalina, listo para defenderse del zarpazo de una fiera o del ataque de un ladrón enmascarado, y ya no podía volver a dormir; se resignaba entonces a pasar la noche bajo la urgencia por ponerse en movimiento. Y luego estaba la interminable conversación consigo mismo, la espantosa vocecita en su cabeza que le señalaba todo lo que había hecho mal, los dolores de cabeza que llegaban como vendavales. Odiaba la pastilla.

Y sin embargo, la pastilla le había salvado la vida. Cuando fue a ver al doctor pesaba ciento setenta kilos, tenía los triglicéridos más altos de San Borja y la certeza de que moriría de un infarto antes de que su hijo Junior empezara el colegio. La gente todavía recordaba la muerte de su padre, hallado desnudo en el jacuzzi de un motel: el paro cardiaco lo encontró cogiendo con una putita adolescente. Estuvo una semana en coma y falleció sin haber recobrado la conciencia. No faltaba el chistoso que ponía a su padre como ejemplo, diciendo que esa sí que era una manera honrosa de irse de este mundo.

Pero Ruddy no quería dejar huérfano de padre al pequeño Junior. Gracias a la pastilla se le habían derretido cincuenta kilos en siete meses sin hacer ningún esfuerzo. Ni siquiera tuvo que dejar la cerveza o el churrasco. Nada. Un milagro del Señor, le había dicho Dayana, eufórica, y esa noche se había puesto las botas rojas de cuerina que a él le gustaban y habían cogido con frenesí, como cuando eran novios y estaban locos el uno por el otro y tan desesperados que se encerraban juntos en los baños de los karaokes. Fue Dayana quien lo llevó a ver al doctor argentino que pasaba por San Borja vendiendo esa cura milagrosa contra la gordura; también fue ella quien empezó a llamarlo Capitán América, divertida por su repentina hiperactividad. Eso sí, su mujer no sabía de sus vagabundeos nocturnos, de las noches en que la energía mala era tan abrumadora que empezaba a barrer el piso o se tiraba a hacer lagartijas en el suelo hasta que el alba lo encontraba con el corazón enloquecido.

Se acostó en el sofá y cerró los ojos. La fricción contra el forro plástico del sofá le quemaba la piel cada vez que se movía; no encontraba posición que propiciara el descanso. Tuvo pena de sí mismo. Él, nada menos que el hombre de la casa, exiliado de su propio cuarto, mientras que su mujer ni se enteraba. Negra de mierda igualada, pensó con rabia, revolcándose asediado por un nimbo de mosquitos. Debía estar en pie a las seis de la mañana para ir a comprar diésel, antes de que los contrabandistas se llevaran todo el combustible a la frontera. Luego le tocaba arreglar con la familia del peoncito al que una vaca había hundido el cráneo de una coz. Más le valía al peoncito haberse muerto: después de un golpe así en la cabeza le quedaba una vida de idiota o de vegetal. Nunca debió haber aceptado al chico. Hay gente que nace bajo una mala estrella y siembra a su paso la desgracia. Dayana no creía en esas cosas, pero él sí: los collas tenían incluso una palabra para designar al portador del mal agüero. Q'encha. El chico era q'encha, eso debió haberlo notado desde el momento en que vino su madre a dejárselo. Debía tener trece, catorce años a lo sumo. Era un caso curioso, incluso insólito: para haberse criado en el campo no sabía ni acarrear el tacho de la leche. Sus piernas parecían hechas de mantequilla, posiblemente un síntoma de desnutrición. Y no se daba bien con los animales: el caballo relinchó y lo tiró al piso al primer intento de montarlo. Debió haberlo devuelto a su madre ese mismo día.

Pero una vez más se había dejado arrastrar por el deseo de mostrarse generoso, magnánimo, delante de esos pobres diablos.

La madre incluso trajo una gallina—casi tan esquelética como ella—de regalo. El papá de él es finado, dijo la mujer, señalando al chico con el mentón, y él no quiso enterarse de alguna historia trágica y seguramente exagerada, semejante a tantas otras que le contaban los campesinos para que aflojara unos pesos. Le prometió hacerse cargo del chico y le adelantó un billete de cincuenta. Ya cuando se iba, la mujer se le acercó tímidamente. Mi hijo tiene un don…, le dijo. Él se rio: ¿Ah, sí? Los paisanos salían con cada cosa. Ella lo miró con gravedad: Mi hijo puede hablar con seres superiores. Él escupió a un costado y se tocó los testículos. Mientras sepa ordeñar, señora, aquí no va a necesitar hablar con seres superiores, le dijo, y después la despachó.

Echado de espaldas en el sofá, Ruddy soltó una risa agria. ¡Qué don ni qué ocho cuartos! El chico ni siquiera había podido evitar la patada de la vaca. Fue Félix, su vaquero, quien lo encontró medio muerto en un charco de sangre. Y ahora él tendría que hacerse cargo de los gastos. Quinientos pesos: eso pensaba ofrecerle a la madre por el accidente del chico, ni un centavo más. Se rascó la panza y suspiró. No había empezado el día y su cabeza bullía de preocupaciones. Dayana, en cambio, seguiría en cama hasta las nueve. Después dedicaría una hora o dos a ensayar la ropa que llevaría para ir a sus clases de canto en San Borja, mientras que al pobrecito Junior lo atendía Ely. Ese era su último capricho: quería cantar profesionalmente. Incluso le había hecho traer un karaoke con luces de Santa Cruz para que pudiera practicar en la casa, a pesar de que el bendito aparato consumía toda la energía del generador y causaba apagones súbitos.

Aplastó con violencia otro mosquito en su canilla izquierda. La luz del amanecer aureolaba las cortinas. Decidió que haría seguir a Dayana uno de estos días con Félix, a ver si de verdad iba donde decía que iba. Pero de inmediato se le ocurrió que Félix haría correr el chisme: don Ruddy cree que su mujer le está poniendo los cuernos, yo la estuve siguiendo con la moto. Antes muerto que en boca de todos esos cambas. Ya se había hablado bastante de él cuando Leidy, su ex mujer, se fugó con un brasilero y él casi se suicidó a punta de comida y trago. Sabía que la gente decía a sus espaldas que era débil, que no estaba hecho de la misma sustancia que su padre, que la propiedad se estaba yendo a pique por su culpa. Soy un gordo de mierda, pensó.

Se tiró al piso e hizo cuarenta lagartijas. Al acabar se sentía enfermo y reventado, a punto de vomitar. Y sin embargo seguía tan despierto como antes. Permaneció de rodillas, frustrado y acezante mientras el sudor le escurría por la papada. No podía sacarse al chico de la cabeza. A la semana de su llegada lo mandó llamar. El chico apareció en la puerta de la casa con el sombrero en la mano: tenía el rostro desolado, como era usual en los paisanos, pero no había miedo en sus ojos. Tu madre me dijo que vos sos especial, le dijo a quemarropa. El chico permaneció en silencio, midiéndolo con la mirada. Te voy advirtiendo que no me gustan los flojos ni los charlatanes—continuó—y no me quiero enterar de que estás distrayendo a mi gente con historias de ángeles y aparecidos. El chico respondió con voz serena y firme: Pero no son historias de ángeles y aparecidos. ¡Qué cuero tenía! Ni los vaqueros más antiguos se atrevían a contradecirlo. Su insolencia le gustó. ¿Cuál es, pues, tu gracia?, le dijo, divertido. A veces hablo con gente del espacio, dijo el chico. Él se rio. Había escuchado a los vaqueros repetir con miedo las historias de los indios, leyendas sobre el Mapinguari, la bestia fétida del monte, pero este asunto de los extraterrestres era nuevo para él. Con seguridad el peoncito sufría algún tipo de delirio. ¿Y de qué tratan esas conversaciones, si puedo preguntarte?, le dijo, burlón. El chico dudó antes de contestar: Dicen que están viniendo. El peoncito estaba más loco que una cabra. ¿Y cómo sabés que no es tu imaginación?, le preguntó. Porque tengo el don, contestó el chico con absoluta seguridad. Se acercó al peoncito y le atizó un manotazo en la cabeza; el chico se protegió con ambas manos. La próxima que te oiga hablar del don te voy a tirar a los chanchos, amenazó. Se prometió que esa tarde iría a hablar con la madre y le explicaría que el chico sufría algún tipo de enfermedad mental. Pero estuvo ocupado con las cosas de la estancia y se olvidó. Quizás era su culpa lo que le había pasado al chico. No había muerto, pero los ojos quedaron casi fuera de las cuencas. Él mismo le pegó un tiro a la res que había perjudicado al chico. Era su obligación. Quiso dispararle entre los ojos, pero la mano le temblaba por causa del insomnio y la bala alcanzó el cuello de la vaca. El animal cayó sobre sus patas traseras, gimiendo y arrastrándose. Una desgracia, hacer sufrir así a una bestia. Qué miran, carajo, les gritó a los empleados, y remató a la vaca con dos balazos en la frente.

Félix le dijo que la gente tenía miedo: días antes del accidente el chico anunció que aparecería un fuego en el cielo a llevárselo. ¿Y si les había echado una mareción? ¿Y si estaban todos malditos? Hay un curandero chimán por aquí cerca, le sugirió Félix. ¿Por qué no lo llama para que acabe con la mareción? Qué mareción ni qué mierda, pensó él, y se propuso zanjar el asunto con la madre y acabar de una vez con los rumores. Todo lo del chico lo tenía al mismo tiempo harto y preocupado.

Todavía de rodillas en la sala, le llegaron los pacíficos ronquidos de Dayana desde el cuarto. Debería ser esa negra de mierda la que esté durmiendo en el sofá, no yo, pensó. Finalmente se incorporó y buscó el paquete de Marlboro que escondía debajo del asiento del sofá. No podía dormir, pero al menos podía fumar. Esa era su venganza contra Dayana y contra el mundo. Nadie le iba a privar de ese placer. Descalzo, palpó los bolsillos del short en busca del encendedor. Debo haberlo dejado en la cocina, pensó.

Entonces la vio: la puerta de la cocina se abrió como si alguien la empujara con la punta de los dedos. Ruddy soltó un alarido y cayó de rodillas sobre el sofá, esperando el ataque con las manos sobre la cabeza. Se quedó inmóvil en esa posición, demasiado aterrorizado como para huir o defenderse. Volvió a incorporarse poco a poco, acobardado ante la posibilidad de que el intruso estuviera a punto de lanzársele encima, pero no percibió ningún movimiento o ruido a su alrededor. Con cautela encendió la luz de la sala y luego la de la cocina: todo estaba en su lugar. La ventana cerrada de la cocina impedía el paso de la más mínima ráfaga de viento. Debe haber sido el gato, se le iluminó de pronto. Claro, tiene que haber sido Lolo. Escupió en el fregadero, aliviado. Pero recordó de inmediato que Lolo dormía fuera de la casa.

Se calzó las chinelas y abrió la puerta. Lo recibió la limpidez del día que empezaba a manifestarse. Una bandada de loros anegó el cielo sobre su cabeza; eran cientos, estridentes y veloces. Por un momento los vio formar una espiral amenazante encima de él y tuvo la seguridad de que la multitud alada se estaba preparando para atacarlo. Cerró los ojos. Cuando volvió a abrirlos, la bandada había vuelto a dispersarse y se alejaba por el cielo con su estrépito feliz. El aire cargado de rocío de la mañana se le metió por las narices y lo hizo estornudar. Vio al gato acostado sobre el tanque de agua, relamiendo perezoso una de sus patas. El animal lo miró con indiferencia, como si la comida que recibía todos los días no dependiera de él, como si le diera igual que él, Ruddy, cayera muerto en ese instante, liquidado de terror por una puerta que se había abierto sola en la madrugada. Escupió y su esputo fue a dar al pasto húmedo. Volvió a cerrar la puerta y apoyó sus ciento veinte kilos sobre ella. El gordito de las hamburguesas Bob es maricón. A los cinco años lo habían elegido entre decenas de niños obesos para protagonizar la propaganda más famosa de las hamburguesas Bob, en la que aparecía atrapado en medio de dos panes, listo para ser devorado por una boca gigantesca. Así se sentía ahora, atrapado y a punto de ser engullido por una fuerza superior y maligna. Decidió intentar dormir una hora más, hasta que la empleada apareciera en la cocina para hacer el desayuno. Estaba por acostarse otra vez en el sofá cuando notó que la puerta de la cocina se cerraba sin la ayuda de nadie. Sintió una opresión en los testículos y en el estómago. Entonces corrió a llamar a Dayana.

Negra, la llamó, traspasado por el miedo.

Le sacudió los brazos.

¿Qué pasa?, dijo ella, mirándolo desde la frontera del sueño.

Tenés que venir a ver la puerta de la cocina. Se abrió y se cerró solita.

Ella soltó un suspiro profundo y le dio la espalda.

¡Negra!, chilló Ruddy.

Ya voy, ya voy, dijo Dayana con resignación, y se apoyó en los codos para levantarse.

Dormía con el maquillaje puesto para que Ruddy la viera hermosa incluso en sueños. Lo acompañó a la cocina vestida con el babydoll transparente. Tenía los pechos enormes, sensacionales, operados, y toda ella parecía fuera de lugar, como una actriz que se ha equivocado de rodaje. Él le contó a borbotones lo que había pasado.

La puerta se movió sola dos veces, negra, concluyó, asustado. ¿Qué vamos a hacer?

Dayana se cruzó de brazos.

Por el amor de Dios, Ruddy, le dijo. ¿Te das cuenta de lo que me estás diciendo?

Él la miró en silencio, avergonzado.

¿Qué carajos hacías lavando platos a las cuatro de la mañana?, insistió ella.

No podía dormir, se defendió Ruddy. Pero ese no es el punto, negra. Te digo que están pasando cosas muy extrañas.

Debe haber sido el viento, dijo Dayana, frotándose los brazos para calentárselos, y se dio la vuelta para regresar a la cama.

Hay algo en esta casa, dijo él a sus espaldas.

¿Qué puede haber?, dijo ella, deteniéndose.

Él dudó antes de convocar la idea. Tenía que juntar coraje para materializarla incluso en sus pensamientos.

Una presencia, dijo finalmente.

Dayana lo miró con incredulidad.

No seás ridículo, bebé, protestó. Ha sido el gato.

¡Lolo estaba afuera!, sollozó él, y agarrando a Dayana por los hombros, la arrastró hasta la ventana. Le señaló al gato, que seguía restregándose las patas en el mismo lugar en que lo había dejado momentos antes.

¿Viste?, dijo él, y se volcó hacia Dayana en busca de la confirmación de sus sospechas.

Pero Dayana no miraba al gato, sino al cielo. Él alzó la vista. Semidesnudos y trémulos frente a la ventana, vieron la bola de fuego descender en el aire tenue de la madrugada y perderse a lo lejos, refulgiendo entre las copas de los árboles.

¿Qué te pasa, Ruddy?, gritó Dayana. ¿Querés matarnos?

Agitándose en los brazos de su madre, Junior lloraba con toda la potencia de sus pequeños pulmones. Ruddy se había dormido por un segundo mientras manejaba y la camioneta se había salido del camino. Despertó justo a tiempo para evitar estrellarse contra un tajibo, pero la brusca maniobra los había estremecido. Dayana se acomodó el escote del top de lentejuelas e intentó apaciguar al bebé. Él volvió a enfilar la camioneta por el camino de tierra, todavía aturdido.

Disculpame, balbuceó, pero su mujer no se molestó en contestarle.

Miró por el espejo retrovisor a Félix, a la caza de algún gesto de burla o reprobación, pero el rostro de su vaquero era impenetrable. Había sido un día agotador. Se había pasado la tarde en compañía de Félix buscando las tres reses perdidas, hasta que las encontraron enredadas en un zarzal: liberarlas y quitarles las espinas les tomó un par de horas bajo el sol. A ratos la vista se le empañaba de cansancio y todos los sonidos le horadaban el cerebro. Ahora mismo, por ejemplo, tenía ganas de ahorcar a Junior para que dejara de llorar. El llanto del niño lo sacaba de sus pensamientos. Por la radio habían dicho que la bola de fuego que él y Dayana habían visto en la madrugada había sido un meteorito. Pero no podía dejar de recordar las palabras del chico. Él había hablado de un fuego en el cielo. Es una coincidencia, había dicho

Dayana, empeñada en negar todos los eventos extraños de ese día. Ruddy la obligó a acompañarlo, temeroso de abandonar a su familia en esas circunstancias; su mujer obedeció a regañadientes. Una parte suya se negaba a rendirse ante las supersticiones. ¿Pero cómo explicar lo de la puerta? La puerta se había movido minutos antes de la caída del meteorito. Tenía que ver al chico, tenía que hablar cuanto antes con la madre. Quizás el chico ya estuviera mejor, los cambas tenían una capacidad admirable para recuperarse incluso de las heridas más graves. Pero vos encontraste un pedazo de cerebro al lado de la vaca, pensó, nadie puede sanar de la falta de un pedazo de cerebro. Pisó el acelerador y una nube de polvo envolvió la camioneta. Dayana tosió.

¿Cuál es el apuro, bebé?, le reprochó. Tampoco te tomés tan en serio lo de Capitán América.

Es por aquí, don Ruddy, dijo Félix, señalándole un desvío entre los árboles.

La camioneta avanzó dando tumbos, cercada por el monte. Oscurecía y la noche—él podía sentirla—estaba habitada por una vibración distinta. El resplandor de los curucusís lo distraía. Pájaros de ojos fosforescentes pasaban volando bajo. Todo estaba vivo y le hablaba. Los faros de la camioneta alumbraron una tapera de techo de hojas de jatata; en su interior temblaba la luz de una lámpara de kerosén.

Yo me quedo acá con Junior, dijo Dayana, subiendo las ventanas automáticas. No me gusta ver enfermos.

Mejor, pensó él. Así podría hablar a sus anchas.

Vos, vení conmigo, le ordenó al vaquero, y el hombre bajó de la camioneta tras él.

Pudo oler el miedo de Félix: a su vaquero el chico siempre le había dado mala espina. El hombre lo siguió con reticencia, encendió un cigarro y se detuvo a fumarlo a unos pasos de la choza. No hizo falta llamar a la madre: la mujer los había visto llegar y los esperaba en la puerta. Lo recibió con el mismo vestido viejo estampado de flores con el que había ido a dejar al chico unas semanas atrás. Pero había algo distinto en ella.

Señora, dijo él. ¿Cómo está su hijo?

Se jue, dijo la mujer, mirándolo de frente. No está aquí.

Escuchó a Félix aclararse la garganta a sus espaldas, nervioso. No supo qué decir. Él había venido a hacer preguntas y ahora… El aleteo de un pájaro en su oreja lo sobresaltó. Dio un salto. Pero no había nada ahí, solo la noche. Notó que estaba cubierto en sudor y que las náuseas regresaban en pequeñas olas.

¿Cómo que se fue?, insistió él.

La mujer sostuvo la mirada, desafiante. Era flaca, pero incluso bajo la tenue luz de la luna percibió la dureza de sus músculos, el cuerpo acostumbrado a cortar leña y a traer agua del río. Debía tener una voluntad temible para haber sobrevivido en el campo rodeada por los indios, haciendo las tareas de los hombres.

Esta mañana ya no estaba en su cama, dijo ella. ¿Qué quiere que le diga? Se jue sin despedirse.

La madre del chico largó un escupitajo que aterrizó cerca de sus pies. Él fue consciente de la provocación de la mujer. A pesar del mareo y de la presión insoportable en las sienes, tuvo ganas de reírse. Era una risa engendrada por el miedo y el absurdo, y que no llegó a nacer.

¿Me está queriendo decir que el metecrito…?, empezó él.

Váyase, ordenó la madre del chico.

Solo entonces reparó en que, escondida tras el marco de la

puerta, la mano izquierda de la mujer se apoyaba en el caño de una escopeta. Parecía una calibre 12. De las antiguas, registró él, pero capaz de abrir un boquete del tamaño de una moneda de cinco pesos. Como si adivinara sus pensamientos, la mujer acercó el arma hacia su cuerpo demacrado.

Vámonos, don Ruddy, lo urgió Félix desde atrás.

Buscó en su bolsillo el pequeño fajo de billetes que había preparado para la mujer.

Tome, le dijo, y le extendió los quinientos pesos.

La mujer recibió el dinero sin contarlo y lo escondió en su pecho, debajo del sostén. No le dio las gracias: se quedó parada en la puerta de la choza, retándolo con la mirada.

Buenas noches, dijo él.

La mujer no contestó y le cerró la puerta en las narices. Se dio la vuelta para marcharse y descubrió a Félix persignándose. Decidió que a primera hora de la mañana le diría a Dayana que alistara las cosas para irse a San Borja. Pero por ahora era mejor no inquietarla. No antes de emprender el viaje de regreso en la oscuridad del monte.

Ni una palabra de esto a mi mujer, le advirtió a Félix.

¿Cómo está el chico?, le preguntó Dayana cuando subieron a la camioneta.

Está mejor, dijo él, y dio marcha al motor. Dentro de poco va a estar como nuevo.

Gracias a Dios, dijo ella, bostezando. Porque a Junior y a mí nos estaban comiendo los mosquitos.

Dayana reclinó el asiento y acomodó al niño entre sus brazos. No tardaron en caer dormidos, arrullados por el silbido del viento y el vaivén de la camioneta a toda velocidad. Por el espejo retrovisor espió a Félix, que iba con los ojos cerrados y las manos cruzadas sobre el pecho, como si rezara. El temor de su vaquero acentuaba la indignidad de la situación: dos hombres grandes espantados por una viuda.

Entonces vio los hechos con toda claridad. ¿Acaso no sabía que eso iba a pasar? La mujer había abandonado a su hijo en el monte. La gente decía que eso era algo que hacían los cambas con sus enfermos. En ese momento el chico debía estar bien muerto, convertido en festín de insectos. En unas semanas solo quedarían sus huesos, a los que las lluvias de febrero no tardarían en arrastrar río abajo. Pensó si debería denunciar a la mujer. Decidió que no. Después de todo el chico se había accidentado en su estancia, sin tener contrato laboral, y era menor de edad. Los pacos se aprovecharían de eso para chantajearlo y su nombre saldría en los periódicos, rodeado del escándalo. Además, ¿acaso podía culpar a esa miserable por no querer hacerse cargo de un muerto en vida?

Sacó la cabeza por la ventana y buscó en el viento de la noche alivio para el calor que lo agobiaba; el aire le trajo el murmullo de miles de criaturas. Su cuerpo trepidaba con la energía mala: se enseñoreaba sobre él, y esta vez no tuvo miedo de ella sino rabia. Apretó el acelerador. Zumbaron sus oídos y el súbito dolor en el pecho lo arrojó contra el volante de la camioneta. Latiendo entre los árboles, el resplandor lo encandiló. El camino de tierra se le hizo borroso.

Soy Capitán América, dijo la vocecita en su cabeza antes de que perdiera el control de la camioneta. Y luego no hubo más.

JENNIFER THORNDIKE

(Perú, 1983). Es escritora y académica. Se doctoró en Estudios Hispánicos en la Universidad de Pennsylvania, Filadelfia. Ha publicado las novelas *(Ella)* (2012) y *Esa muerte existe* (2016) y los libros de cuentos *Cromosoma Z* (2007) y *Antifaces* (2015). Ha participado en diversas antologías tanto peruanas como latinoamericanas. Sus cuentos han sido traducidos al portugués, francés e inglés. En el 2016 fue elegida por la FIL-Guadalajara como uno de los veinte escritores latinoamericanos más destacados nacidos durante los ochentas. Actualmente vive y enseña literatura en Monmouth College, en Illinois.

"La muerte tenía nuestros dedos" pertenece a su libro *Antifaces* (Miami: Suburbano, 2015).

La muerte tenía nuestros dedos

1

Miraba mis dedos, que a partir de ese momento debían seguir órdenes. Obedecer y ejecutar. Dedos largos, huesudos, que doblaba y estiraba, tocaban el bolsillo del uniforme donde antes se guardaba el papel blanco con las indicaciones. "Indicaciones": así estaba escrito al inicio de la hoja. Eran una, dos, diez indicaciones que hablaban de cuotas que debían cumplirse. Trataban de convencernos de que nuestro trabajo era esencial para el desarrollo de la comunidad. Pero nosotros sabíamos muy poco. Mis dedos temblaron al leer la breve descripción de un pueblo de nombre impronunciable, perdido u olvidado, con calles de tierra y casas cayéndose a pedazos. Repetía su nombre con la lengua trabada y los dedos cada vez más temblorosos. El siguiente punto advertía que el idioma sería un problema. Habíamos estudiado las frases esenciales, algunas amables, la mayoría imperativas. Debíamos convencer a los pobladores en un idioma que no era el nuestro. Engañar, pensé. Confundir, asustar, cumplir la cuota. Quizá no sería tan difícil, la imposibilidad de comunicación nos podría ayudar a intervenir sin necesidad de explicar. Mis dedos se contrajeron formando un puño. Sentí asco.

La posta, de acuerdo a la descripción, tenía tres habitaciones: sala de espera, tópico/consultorio y sala quirúrgica. Imaginé mis dedos recorriendo las paredes manchadas de sangre, saliva, orina. Sentí náuseas y miedo. No quería ir a ese lugar. Veía dedos ajenos temblando, huellas dactilares en la pintura, tijeras, escarpelos oxidados. Veía a mis compañeros con el mismo papel entre las manos, uniformados, formando una fila. Éramos todos iguales, con el mismo temblor en las manos, caras sin facciones definidas, lo que nos asemejaba unos a otros. Está bien ir, vamos a cumplir con lo que tenemos que hacer, dijo alguien con voz nerviosa. Doblé los dedos una vez más. Instintivamente, rozaron el papel de mi bolsillo. Querían romperlo, pero los contuve cuando se comenzaron a doblar formando una garra. Logré estirarlos con dolor.

Subimos a la camioneta y el superior nos indicó que sacáramos las indicaciones. Repitió lo que decía. Doctores, enfermeras, atención. Repasé lo mismo que había leído tantas veces. El pueblo pequeño, alejado, casi no tenía niños. El cólera se los había llevado, estaban enterrados bajo tierra, en cajones pequeños y sin adornos. Era lamentable, decía el papel, pero hay que seguir adelante. Debemos protegerlos. De la pobreza, de la sobrepoblación. La posta era nuestro "centro de control", donde debíamos examinar a las mujeres y aplicar la solución. Había demasiados niños, entienden, no se les pudo curar a todos. No se les pudo enterrar siquiera, murmuró el superior. Es por el bien de ellos. Entonces repitió lo de la cuotas y sentí que mis dedos querían arrugar el papel. Algunos de los doctores y enfermeras asintieron, quizá yo también. Mis dedos serían capaces de que las cosas ahora fueran

más equitativas. Progreso, señores, escuché, desarrollo, sostenibi-
lidad. Las cuotas eran importantes o esos dedos no servirían más
a los propósitos de la nación. La camioneta arrancó y mis dedos
comenzaron a relajarse.

2

Vi ojos asustados. Recelo y miedo, ojeras que nos acosaban
mientras bajábamos las maletas y el material. Estamos aquí para
ayudarlos, le dije a una mujer que no me entendió y ocultó a un
niño pequeño entre su ropa. Entonces el superior comenzó a hablar en nuestro idioma y un poblador iba traduciendo. Habrá una
fiesta mañana, nos informaron. Una fiesta con comida, baile, regalos. Hemos traído canastas familiares, pero tienen que firmar el
documento. ¿Firmar qué documento?, le pregunté a una compañera dándole un codazo en las costillas. No lo sabíamos, ese otro
papel nos llegaría al día siguiente, con el número de personas que
debíamos reclutar para cumplir la cuota mensual. A mí me tocaron
veinticinco. Veinticinco mujeres en edad reproductiva. Sanas, con
los pómulos enrojecidos por el frío, salidos por la delgadez. Pero
estaban sanas, eso lo puedo asegurar. Veinticinco mujeres que bailaban, comían y bebían de manera frenética. Nunca ha habido una
fiesta así, dijo el superior cuando me vio inmóvil, con los documentos que debían firmar sostenidos por mis dedos temblorosos.
Vamos, anda, me dijo. Será muy fácil, para eso son estas fiestas.
Un animador decía en su idioma palabras que no podía entender.
Señaló las canastas. Unas mujeres que tenían copia del documento firmado se acercaron y recibieron una canasta. Sus pómulos
se levantaban cuando sonreían, se veían aún más pronunciados y
miserables. Una bolsa de arroz grande, seis tarros de leche, menes-

tras, azúcar, latas de conservas de la marca más barata. Algunas mujeres, reconociendo mi uniforme, se acercaron para pedirme el papel. Estaban desesperadas y por eso querían firmar lo más pronto posible. Temían que las canastas no alcanzaran y tuvieran que ser dividas. Todas necesitaban el arroz, las conservas, la leche. Los niños que quedaban lloraban mucho, siempre por hambre. Los que murieron no lloraban, pero también se fueron con el estómago vacío. Huesos y tripas en cajoncitos pequeños, enterrados bajo esa tierra que recibía los pasos de baile, la espuma de la cerveza, el vómito de quienes caían en la embriaguez. Ocho mujeres firmaron y recibieron la canasta.

A las otras diecisiete las convencí más tarde. Aproveché su falta de entendimiento, producido por el idioma, y el adormecimiento por el alcohol. Les hacía señas con esos dedos que ahora reclutaban y convencían. Señalaba la línea punteada. Algunas solo ponían una inicial o una equis. Escribir era un lujo que pocas habían adquirido. Yo apuntaba lo que entendía de sus nombres, a veces pedía el documento de identidad para asegurarme. Ellas se llevaban la copia para recoger la canasta, esa copia que decía muy poco de lo que íbamos a hacer. Se autorizaba una revisión y la aceptación del método anticonceptivo recomendado por el médico. El papel determinaba la suerte de esas mujeres sanas y ponía sus cuerpos a mi disposición. Sentí un dolor intenso en el estómago. Lo atribuí a la cerveza y continué reclutando mujeres. Después de algunas arcadas, vomité bilis detrás de uno de los parlantes que repetía constantemente las mismas palabras para convencer a las mujeres de que debían firmar. Sentí repulsión y más náuseas. Esa voz estaba tratando de convencerme a mí también de que lo que hacíamos era lo correcto.

Veinticinco autorizaciones firmadas fácilmente, sin problemas. Me sentí orgullosa. Los ojos asustados que había visto el día anterior ahora estaban nublados, algunos cerrados. A algunas tuve que ayudarlas a sostener el lapicero para que firmen. Pero lo hicieron y yo me sentía orgullosa. Mis dedos intentaron rebelarse otra vez queriendo romper esas veinticinco autorizaciones que había conseguido. Felizmente estaban entumecidos por el frío. Inmóviles, sosteniendo las autorizaciones con desconfianza. Me senté y miré con orgullo las autorizaciones firmadas. Una compañera vino gritando que la cuota estaba cumplida. Me alcanzó un vaso de cerveza y ambas brindamos sosteniendo el líquido con esas manos que cumplían una misión, con esos dedos manchados de tinta. Dedos sucios y orgullosos.

3

Los siguientes días fueron de trabajo. Temprano, con las autorizaciones, íbamos a buscar a las mujeres. Las sacábamos de sus casas jalándolas del brazo. No sabían qué queríamos. A algunas tuve que amenazarlas. Les dije que iba a quitarles los víveres de la canasta y se los iba a dar a personas que sí colaboraran. Ellas se resistían, confundidas, y solo reaccionaban cuando comenzaba a llevarme sus cosas. Negaban con la cabeza, agitaban los brazos. Luego caminaban hacia la posta, con pasos lentos, desconfiados. Aunque me temían, no querían perder esa canasta que iba a aliviar por uno o dos meses esas tripas que no dejaban de sonar.

El primer día yo les hacía preguntas con ayuda del intérprete. Abre las piernas, decía. No querían. Dígale que es para revisarla, para ver si está bien. Se tapaban la cara avergonzadas, gemían de dolor cuando introducía mis dedos o el ecógrafo. Dejé ir a tres con una caja de pastillas anticonceptivas y les expliqué con la ayuda del intérprete cómo debían tomarlas. Después el superior entró al tópico/consultorio. ¿Las has programado?, preguntó. Tienes que operar. Cortar, ligar. No toman las pastillas, las pierden. Se van a llenar de hijos otra vez. Pensé que no se podía operar en esa posta con las paredes sucias, llenas de marcas de dedos antiguos y fluidos que no habían sido desinfectados. Pensé que iba a ser muy difícil explicar el procedimiento, todo era muy difícil porque no hablábamos su idioma. El superior dijo que ya teníamos las autorizaciones y que las explicaciones sobraban. Procede. Tienes cuotas que cumplir. Y se fue. Esto no está bien, pensé mientras mis manos se tensaban. Doctora, es por su bien, escuché. Es por su bien, es por su bien, es por su bien. Era cierto: mis dedos estaban haciendo lo correcto, las mujeres me iban a agradecer. No existirían más niños con hambre, más que murieran por la peste. Qué alegría tan grande, qué vocación de servicio tan pura.

Entonces fui a buscar a esas tres mujeres que se habían ido. Les hice señas para que vuelvan y las programé para la tarde. Compré desinfectante para limpiar las paredes del quirófano, ese suelo percudido que me costó dejar presentable. Refregaba manchas y manchas que parecían no querer salir nunca. La enfermera desnudó a la primera mujer. Yo le quité la mirada porque no soportaba sus ojos. Esos ojos de terror y vergüenza. La recostaron en una camilla. Quise acariciarle la frente, pero me contuve. Tenía que proceder, pensar que esa mujer no era más que un cuerpo cubierto por una bata sucia que debía sumar a mi cuota. Un cuerpo a quien debía hacerle el bien. Ingresamos a la sala quirúrgica. Tuve que limpiar mis dedos solo con alcohol, reusar unos guantes y una mascarilla que me dijeron ya estaban limpios. La enfermera ayudó a la mujer a pasar a la mesa de operaciones. Luego la durmió sin intentar entender lo que la mujer decía. Entonces me pasó un escarpelo viejo y unas tijeras. El primer corte que hice definitivamente dejaría una cicatriz. La luz no era suficiente y no tenía precisión. Mi nariz sentía el olor del desinfectante, de la sangre, del polvo que todavía flotaba por la habitación. Me sentí mareada. Me era muy difícil encontrar con la vista los órganos que debía mutilar. Entonces metí mis manos en esa agujero de carne y fluidos. Y corté, volví a unir, cosí. La enfermera le colocaba más anestesia a la mujer que se quejaba levemente y contraía la cara. Luché con su cuerpo cerca de dos horas. Se me escapaban las trompas, se cerraba la piel queriendo tragarse mis dedos. Yo debía conquistar ese cuerpo para lograr mi objetivo. Entonces terminé cansada, con la frente sudorosa y los músculos de los dedos latiendo. Mis ojos confundían la carne con la tela. Cosí la piel como pude, dejando un surco profundo que podía infectarse en cualquier momento. Sacaron ese cuerpo y entró otro y otro más. El superior dice que hoy debemos operar a cinco, dijo la enfermera. Debía continuar. Limpié los guantes con alcohol, mi frente con la manga de la camisa. La enfermera durmió a otro cuerpo y comencé. Los cuerpos se resistían a mi escarpelo, los órganos se escondían detrás de otros y se me resbalaban entre los dedos. Era una pelea que yo debía controlar, pero no fue fácil. Intervine los cinco cuerpos que me asignaron, cuerpos que fueron almacenados en el suelo del tópico/consultorio sobre una colcha vieja. Ese día sonreí porque había triunfado. Ese pueblo de tierra no tendría más niños huesudos con los pómulos salidos.

Al día siguiente, me dijeron que la primera mujer había muerto por una infección generalizada, pero que no me preocupara, esas cosas pasan. Debía continuar, la cuota era lo importante. Entonces imaginé ese cuerpo que aún latía luchando contra mí en la mesa de operaciones antes de que yo lo dejara marcado con un surco sanguinolento. Ahora lo velaban en un cajón rústico, sin más decoraciones que una cruz mal pintada. Habían muerto también otras dos mujeres, que habían sido atendidas por mis colegas. Sus cuerpos dentro del cajón eran lastimados por astillas de una madera sin lijar. Tres cuerpos nuevos para un cementerio ya copado por los muertos de las peste. Sentí ganas de llorar, pero la enfermera me jaló del brazo. Debíamos comenzar con las intervenciones porque si no nos íbamos a atrasar.

4

Los pobladores comenzaron a sospechar de nuestras actividades. Querían volver a engendrar, se desesperaban, nos reclamaban. No era coincidencia: desde que comenzamos a cumplir con las cuotas asignadas, muy pocas mujeres habían logrado concebir. Solo lo conseguían aquellas que no quisieron firmar a pesar de que les ofrecimos canastas y dinero. Como recurso desesperado, les dijimos que irían presas. Se mantuvieron escondidas hasta que sus vientres lucían abultados. Se atendían en la posta burlándose de nuestros procedimientos.

No nos íbamos a librar del castigo, lo supe cuando el intérprete me contó lo que había pasado. Cada día una de las mujeres operadas salía de su casa con una atado de ropa. Caminaba llorosa, recibiendo gritos que intuí eran insultos. Lo son, me dijo el intérprete. Le están diciendo que le han sacado las tripas para que pueda acostarse con otros hombres. Ya lo sabían, el interprete se los había dicho. Operación, cicatrices, infertilidad. Han cortado algo, cosido, yo he visto. Mi cabeza negaba mientras que mis dedos temblaban sin parar. Esas mujeres sanas ahora eran consideradas cuerpos incompletos, inválidos, cadáveres que caminaban con el atado de ropa y algunos víveres de la canasta que les habíamos dado a cambio de manipular sus cuerpos. Miraban con recelo hacia la posta y caminaban en dirección a un corralón abandonado, donde se mezclaban entre basura y excremento de animales. Ahí se habían reunido esos cuerpos llenos de cicatrices mal cosidas. Prendían una fogata para combatir el frío y lamentar juntas la desgracia que había traído el plan de desarrollo.

Los hombres que pasaban por ahí las insultaban, les tiraban restos de comida. Ellas lloraban y gritaban. Sé que sentían que les habíamos quitado una función vital, pero las autorizaciones contaban una historia diferente: esterilizar para liberar, esterilizar para controlar el crecimiento de la población, esterilizar para eliminar a los grupos atrasados. Pero los hombres del pueblo no lo entienden, querían seguir procreando, trabajando una tierra estéril que no producía nada, arreando vacas que parecen esqueletos. No entienden y por eso las insultan. No entienden que ejercieron su libertad de elección. Le dije al intérprete que me lleve frente a ellos para explicarles, pero se negó. Deberían irse, sugirió. No nos fuimos, todavía no habíamos cumplido la cuota. Unos días después el intérprete apareció muerto. Dejó una carta donde pedía perdón al pueblo. No sabía, no entendía, creía que era por el bien de la comunidad. Sabía que las iban a operar, no sabía las consecuencias. Sin embargo, ahí estaba en el fondo de una quebrada, el cuerpo reventado. Las rocas a su alrededor, manchadas de un rojo intenso. Dejaron el cuerpo ahí porque no había equipo para sacarlo, tampoco espacio en el cementerio. Un hombre puso una cruz al filo del lugar desde donde había saltado. Sus ojos inmensos nos miraron por largo rato. Entonces supe que no nos íbamos a librar. El odio que quema y perfora ya no se va nunca.

Nos despertamos al escuchar los cantos. Rodeaban la casa donde estábamos alojados. Yo solo veía cuerpos llenos de cicatrices, heridas sangrantes, voces que penetraban en mis oídos y no podía entender. Me encerré en un baño intentando no hacer ruido. Ahora era una cobarde, ahora mis escarpelos y mi poder no servirían de nada. Varias mujeres golpearon mi puerta con violencia, yo salté a la ducha y me quedé arrodillada en un rincón. Mis dedos comenzaron a rasgar las mayólicas, mis dientes se apretaron tanto que me dolía la mandíbula. Escuchaba a mis compañeros insultarlas. Una mujer logró abrir mi puerta, me miró con la cara rígida. Comencé a levantarme lentamente, las manos en alto en señal de rendición. Solo susurré que podía arreglarlas, que mis dedos eran carne privilegiada que podía remediar cualquier error. La mujer de la cara rígida me miró nuevamente y me tiró una cachetada. Luego me empujó hacía la calle e hizo que me arrodillara en el suelo de tierra. A mi lado, mis otros colegas se mantenían en la misma posición.

Ahora estamos con la cabeza sobre la tierra, las pantorrillas acalambradas, sedientos. El mal incubado entre mis dedos ahora se refleja en sus ojos con ansias de justicia. Me sentí asqueada de haber llegado a ser la persona en la que me había convertido. De tener los dedos manchados de su sangre, esa sangre que todavía secretaban las cicatrices mal cosidas del día anterior. Entonces comencé a pedir perdón a gritos. Quería que me corten esos dedos, que me lancen por la quebrada junto al cuerpo del intérprete. Mis colegas intentaron callarme, temerosos de que los pobladores decidieran cumplir mis deseos. Pero yo quería tomar el escarpelo y torturarme, sufrir, abrirme el vientre y arrancar aquellos órganos que me hacían fértil. Entonces las mujeres nos enseñaron sus cicatrices, las marcas de su invalidez. Y con un cuchillo afilado comenzaron marcarnos en la palma de la mano uno por uno. Un tajo profundo que dejaba caer gruesas gotas de sangre sobre la tierra. Una cicatriz por otra, una cicatriz no solo para recordar que nosotros y el sistema estaban equivocados, sino para exiliarnos y convertirnos en personas improductivas como ellas. A partir de ese momento todos nos reconocerían. Somos los médicos que esterilizaron a las mujeres hace veinte, treinta, cuarenta años, los que nunca más podrán usar sus dedos para hacer el bien. Los marcados, a los que se debe repudiar, los que tienen que pagar con cárcel y vergüenza. Nos ordenaron que nos fuéramos. Salimos sin recoger nuestras cosas, con una venda sucia cubriendo la herida que no dejaba de sangrar.

OSWALDO ESTRADA

(USA, 1976). De origen peruano, vivió en Lima hasta los catorce años, cuando su familia emigró a los Estados Unidos. Es escritor de ficción, ensayista y profesor de literatura latinoamericana en la Universidad de Carolina del Norte, en Chapel Hill. Es autor y editor de varios libros de crítica literaria y cultural. Sus ficciones han aparecido en antologías del Perú y los Estados Unidos, y en *Los Bárbaros, Suburbano, Aurora Boreal, Hiedra Magazine, Literal: Latin American Voices, Chiricú Journal: Latina/o Literatures, Arts, and Cultures, Rio Grande Review* y *Latin American Literature Today.* Suyos son *El secreto de los trenes* (2018), una adaptación para jóvenes lectores de "El guardagujas" de Juan José Arreola, y el libro de cuentos *Luces de emergencia* (2019). Su libro *Las locas ilusiones y otros relatos de migración* será publicado en Axiara por ganar el Primer Premio de la Feria Internacional del Libro Latino y Latinoamericano 2020.

Los sueños de la razón

Probó de todo. Un vaso de leche tibia antes de dormir. Té de valeriana. Pastillas de melatonina. Ansiolíticos. Y nada. Aplazaba la hora de irse a dormir para caer rendido en la cama y lo lograba. Pero a las tres de la mañana se despertaba inquieto, sudando frío, incapaz de conciliar el sueño.

—Lo que tienes que hacer, Mateo, es ir al médico. Deja de tomar esas tonterías y ponte en manos de un especialista.

Sibila tenía razón. Se pasaba los días cansado, bostezando por los rincones, de mal genio. Cerrando los ojos por diez, quince minutos, entre una y otra clase en la facultad.

—Te prometo que si sigo así a fin de mes voy a hacer una cita.

—Ya no sé si creerte, Mateo. Con el cuento de que le tienes alergia a los médicos, no haces nada al respecto. Todo te irrita. Se te olvidan las cosas. La semana pasada no llevaste a María a su clase de gimnasia. Y amaneces en el sofá, al lado del perro.

Tenía que hacer algo. No era posible que a sus cuarenta años tuviera el insomnio de un viejo. Que sufriera pesadillas todas las noches y se levantara gritando. Con sed. Con escalofríos y el corazón a todo galope.

—¿A qué se dedica?

No quiso decirle a su mujer que por fin había hecho una cita.

—Soy periodista, contestó a secas. Dicto clases en la universidad.

—¿Y en qué se especializa?

—No puedo dormir, respondió ignorando la pregunta. Bastante hacía conversando de idioteces con otros padres cada vez que llevaba a su hija al parque como para perder el tiempo con este médico de greñas revueltas.

—He visto su expediente. Necesito que me cuente lo que hace, qué investiga, cómo pasa sus horas de ocio, para saber si eso le afecta el sueño.

Por eso no había querido ir antes. Sabía que en los veinte minutos de la consulta hurgarían en su vida para mandarlo a un loquero. Y eso sí que no. Ni de chiste se sentaría en un sofá para contarle su vida a un desconocido. Aunque llevara años en este país de terapias y ejercicios para nutrir la mente y el espíritu, seguía pensando, como su madre y toda su familia, que sólo los locos van al psiquiatra.

—Investigo disturbios civiles, manifestaciones, protestas en América Latina.

—¿Y tiene que viajar al lugar de los hechos?

—A veces. En vacaciones, en verano. Para entrevistar a otros periodistas o a los líderes de algún movimiento.

Habló con calma. No con la desesperación de un drogadicto que necesita con urgencia un suministro de medicinas.

Se quejó del exceso de trabajo. De sus largas horas frente a la computadora y del suplicio de corregir los ensayos de fin de curso. Vergonzosos, mal escritos, llenos de faltas ortográficas. Con pretensiones de cambiar el mundo de aquellos que no saben gobernarse.

—Le voy a recetar unas pastillas para que pueda dormir durante los próximos quince días, lo calmó el médico. El tiempo suficiente para que haga una cita en nuestra unidad de trastornos del sueño. Si fuera algo reciente, no me preocuparía tanto, pero lo suyo es algo crónico.

—¿No me podría recetar esas pastillas por un par de meses? Estoy escribiendo un artículo y tengo trabajo acumulado. Dos defensas de tesis. Exámenes. Un viaje.

—Su salud es lo primero, le contestó agarrando el manubrio de la puerta. Trate de no usar la computadora una hora antes de dormir. Evite la televisión por las noches. No mire el teléfono.

Qué fácil decirle todo eso. Así, de pasada. A los diecinueve minutos de haber entrado a la consulta. ¿A qué otra hora debía contestar sus mensajes, revisar algunas noticias, o sentarse a ver algo con su mujer? ¿A qué hora con una hija de cinco años que se despertaba de madrugada y no paraba de bailar hasta las tantas? Vestida de princesa, taconeando de arriba para abajo con zapatos y traje de flamenca. Pidiéndole que la sacara a montar en su bicicleta. O que se sentara a armar un castillo con ella.

Tuvo que contarle a Sibila de su visita a la clínica del sueño cuando le dijeron que pasaría una noche ahí, conectado a unos sensores, para analizar sus etapas de sueño, estudiar sus ronquidos, ver si tenía el síndrome de piernas inquietas, o si padecía de respiración interrumpida al quedarse dormido. Apnea.

Se puso el polo de manga larga, descolorido y deshilvanado por el cuello, con los pantalones estampados de bicicletas. Colocó su almohada en la cabecera y se sentó a esperar las indicaciones del personal médico.

—¿Es necesario que me ponga este sensor en la mandíbula? ¿Con este esparadrapo?

—Relájese, señor. Sólo así podemos tener un registro de todos sus movimientos. Para saber si aprieta el maxilar o rechina los dientes.

La enfermera siguió en lo suyo. Conectando los sensores de la nuca, la frente, el dedo índice y las piernas a una máquina. Tarareando una canción.

Había leído lo básico del sueño monitorizado, pero sería una tortura dormir con esos cables y parches por todo el cuerpo. O con esa cámara en la pared que grabaría cuántas veces se giraba a la derecha o la izquierda, si se despertaba cada tres segundos, sin darse cuenta.

Se acordó en ese instante que no había contestado el mensaje de una estudiante sobre el proyecto final. Que olvidó darle un beso a su hija antes de salir de casa. Que el pollo estaba descongelándose en el lavadero desde las cuatro de la tarde, y se iba a malograr si Sibila no lo guardaba en el refrigerador. Mierda. Había olvidado pagar el registro del carro y le cobrarían una multa. Otra vez. Por tener tantas cosas en la cabeza.

Se arrullaba así, repasando los pagos pendientes. La lista de los deberes. Antes de quedarse dormido, quiso manipular los sensores para que mandaran ondas equivocadas a la computadora, y pensó en el viaje a la frontera que haría a fin de mes para investigar el papel de las mujeres en diversas protestas.

—¿Usted recuerda sus sueños? Observe la grabación. Mire cuántas veces se despierta.

Era cierto lo que señalaba el Dr. Cowell con los ojos en la pantalla. Dormía intranquilo. Se tapaba la frente, peleaba con los puños en el aire, esquivaba golpes. Y lloraba. Desde las cuatro hasta las cinco y media estuvo despierto, pensando en otros menesteres, tomando agua. Hasta que se durmió otra vez y abrió los ojos a las siete de la mañana.

No recordaba nada con precisión. Sólo imágenes sueltas. Recurrentes. Una variación de aquello que investigaba por las mañanas. Mujeres con pancartas. Con cruces de color rosa. Con las fotos de sus hijas. Desaparecidas. O muertas. Él era el hermano, el padre, el policía. Encontraba restos humanos en un armario. El cuerpo de una niña en la tina. El cadáver de una mujer embarazada. Hematomas. Mutilados los pies. Atadas las manos.

—¿Eso sueñas? Dios mío, Mateo. ¿Y por qué no me lo has dicho? Cómo no vas a dormir mal de esa manera.

—Es mi trabajo, Sibila. Hay gente que deja sus preocupaciones en la oficina y yo no sé hacerlo.

—¿Y cuál es el remedio?

Intentó un poco de todo. Terapias conductuales. Sesiones con un especialista que lo obligó a quedarse dormido pensando en una playa solitaria. Corriendo con María al lado de las olas. O caminando con ella y Sibila por un sendero de árboles inmensos, junto a un riachuelo.

Decía que dormía mejor, pero no era cierto. Ni por todo el dinero que se gastaba en los tratamientos. Eso sí. Sonreía más frente a su mujer y sus estudiantes. Se llevaba a caminar al perro todas las tardes. Hacía el esfuerzo de tirarse al suelo con su hija y le leía cuentos, muriéndose de sueño. Le contaba historias de cuando era pequeñita y juraban quererse con locura.

—¿De aquí hasta Perú, papi?

—De aquí hasta la luna.

Como último recurso acudió a un terapista interesado en descifrar sus sueños.

—No te vas a arrepentir, hermano. Le aseguró su compañero colombiano. El único con el que tenía amistad. Ese chino es un genio. A mí me ayudó a romper mis patrones de conducta, a entender por qué salía con las mismas mujeres. El chino te hipnotiza, te pone al derecho y al revés. Hazme caso, hermano. Vas a ver.

Le molestó que insistiera en conversar de su niñez. Le parecía absurdo perder una hora todas las semanas hablando del abandono del padre, de la relación conflictiva con su madre. ¿Qué tenía que ver eso con los cadáveres que se colaban en sus sueños? ¿Con los cuerpos mutilados y las niñas que desenterraba con las uñas, noche tras noche, sin poder resucitarlas?

—Todo está relacionado, Mateo. Tú has elegido esta profesión. ¿No te parece curioso que dediques horas interminables a documentar la violencia de género, las protestas de estas mujeres en el Perú, en México, y que no puedas hablar con tu madre más de cinco minutos por teléfono?

El chino estaba mal. Aunque Ortega hubiera tratado de convencerlo. Estaba equivocado. No era cierto.

Sabía que sus padres se habían separado cuando él era un niño. ¿Y qué? Si no se acordaba ni cómo llegaron a Brownsville, ¿qué importaba lo que había ocurrido al otro lado del río? ¿De qué ausencias le hablaba el médico chino? Nadie extraña lo que no tiene. Cuando aterrizaron en casa de los tíos, él tendría cinco, seis años a lo mucho, más o menos los mismos que su hija en el parque Humboldt. Su madre trabajaba todo el día y él se quedaba al cuidado de los parientes y amigos. Con la consigna de portarse bien, comer sus verduras y ser buen hijo.

Llevaba un rato pensando en las teorías junguianas del

Dr. Chen cuando oyó los primeros gritos a varios metros del columpio donde estaba con su hija.

Un niño de escasos cuatro años había caído de lo más alto del tobogán y no reaccionaba. Llamen a una ambulancia, rogaba la madre. Mi hijo no responde. Ayúdenme, por favor. Auxilio.

Cuando se acercó de la mano de María, los alaridos de terror eran sólo un murmullo de súplicas, un llanto quedito y oraciones desbocadas.

Quiso ser enfermero, salvavidas, paramédico. Revivir al niño. Llevárselo lejos. Pero no pudo hacerlo.

—¿Va a estar bien, papi?

Sintió de repente el corte veloz. Un tajo profundo en la tela de los sueños.

Entre el barullo de la gente, vio a su madre en el suelo. El rostro amoratado. Las costillas rotas. Un brazo dislocado. Oyó sus gritos despavoridos. También sus plegarias.

—¿Va a estar bien?

El cuerpecito comenzó a moverse. Primero los párpados, luego los dedos. Salvando a todos del susto mortal.

Quisiera no saberlo, coser con hilo y aguja esa telita que sigue rasgándose frente a él. Pero ya es muy tarde y se ve. Debajo de la cama, con las manitas en los oídos, llevándose las rodillas al pecho. Apretando los ojos para dormirse otra vez.

—¿Qué tiene? ¿Qué le pasa, doctor?

Está en un cuarto de paredes blancas. Es él. Tiene sensores en el cuerpo. Su madre le besa la cara. Y él parpadea. Temiendo que su padre aparezca por la puerta y no le de tiempo a correr. Que la agarre por el cuello. O a él.

El chino es un genio. Le duele saberlo. No hay nada qué hacer.

—Está así por el trauma que ha vivido, le explica un hombre mayor, de bata blanca, con un aparato colgado al cuello. Lo bueno, señora, es que es muy pequeño. Los niños son supervivientes natos. Guerreros. Busque a su familia. Lléveselo lejos. El día de mañana no recordará nada de esto.

RAMONJO SERRA

(México, 1971). Vive entre México y los Estados
Unidos. Premio Nacional Juan Rulfo por su primera novela, *Novelita de amor y poco piano* (1993).
Ha publicado con otros libros como *Nada cruel*
(2008), *Pozos* (2016) y *La reconciliación: Roberto
Bolaño y la literatura de amistad en América Latina* (2019). Es profesor de Estudios Hispánicos en la
Universidad de Houston. Su proyecto más reciente
es una historia de su educación visual que aparecerá
el 2021. Ocasionalmente vuelve a ser José Ramón
Ruisánchez.

Dumb

Diría que su sangre está limpia, diría que su piel no infecta, diría que en su aliento no hay rastro de gérmenes, que está vacunado, que se baña todos los días, que intenta de verdad hacer ejercicio aunque a veces no haga ejercicio, aunque antes nunca hubiera ni sabido que se hacía ejercicio;

> Hey Siri,
> what are the odds that a black man ends up in jail?

diría que su alma está limpia, diría que cree lo correcto, lo enseñado y aprendido, que cree en lo mismo que las mayorías, en las estadísticas, en las modas, en la bandera, que también es cristiano, que sabe tirar la basura no sólo en el basurero sino separada correctamente en cada uno de los basureros, que lava su basura, que corta los plásticos de las cervezas que bebe para que no queden atrapadas las tortugas, diría que no toma tantas cervezas, una por la noche, dos los días que está más triste, cuando pone la música que acaso no le gusta a sus vecinos, pero incluso en la mayor tristeza, en la más honda, siempre pone a un volumen, —¿cómo se dice bajito?—, bueno así diría, considerado, muy considerado;

No beben vino ni prueban puerco para distinguirse de nosotros, y, a puerta cerrada, observan su cuaresma y todos los ritos de su secta diabólica.

diría que gasta, lo que gana lo gasta, y no tontamente sino como le han dicho que se debe gastar: una parte grande para pagar el mes del año de los años de su casa, otra parte, menor, en el cochecito que no es nuevo, pero que tiene como nuevo y maneja siempre al límite de velocidad, diría que nunca lo han multado, que obtuvo su licencia a la primera, que su cochecito además pasa siempre las verificaciones de emisión, no diría que su cochecito tiene nombre y que es el mismo nombre que tenía el camión que tomaba, cuando tomaba el camión y sentía respeto y su poquito de envidia, pero de la buena, si por eso se enseñó a manejar y tomó sus cursos sobre los efectos de las drogas y el alcohol, gasta en tener cable, en tener internet, en tener bonitas sus plantas, aunque le gustaría que la hiedra creciera y cubriera toda la pared de su casita gasta en las tijeras de podar y corta la hiedra, diría que le pregunten a sus vecinos si no gasta en tener su jardín disciplinado y su casita pintada, con las canaletas bien limpias, con un tapete en la entrada que dice Welcome;

OK Google, busca en noticias:
Ciudadano puertorriqueño es detenido y deportado.

diría que a veces en el avión no le han ofrecido un segundo vaso de agua, diría que una vez no le dieron las galletas que les daban a los otros pero que no se quejó, que no vino a quejarse, pero que sobre todo estaba contento de ir en el avión, y al bajar le había dicho buenas tardes a la misma aeromoza que le había negado las galletas, buenas tardes sonriéndole de verdad, para que supiera que no importaba, diría que lo que importaba era ir y venir en el avión, ir para allá y regresar para acá;

The following graph correlates the GDP of the country of origin to the life expectancy of adult citizens.

incluso diría que hay cosas que no ha sabido dejar, que sigue necesitando ciertos sabores elementales a los que regresa sabiendo que no son del todo lo que debieran ser, diría que ha aprendido a cocinar para ver si así los logra pero sin completar la magia, diría que muchos días se mira al espejo tratando de imaginarse completamente rasurado y sonríe, sabiendo que ahí tiene unas tijeras, una navaja y espuma de afeitar, incluso un aftershave que no ha abierto, porque es para cuando se decida finalmente a parecerse más a ellos y ungir con olorcito ese cambio definitivo;

> "Why are Mexicans so fat?" is, once again, the #1 question involving the term Mexican/Mexicans across search engines.

diría que para divertirse ve amigos, sobre todo amigos de allá, que allá no eran sus amigos, pero que aquí se han vuelto amigos por ser de allá, por saber reírse al mismo tiempo, porque aun cuando no le van a los mismos equipos saben ser rivales porque les gusta el mismo deporte, crecieron escuchando las transmisiones de la misma liga, padeciendo y celebrando muy lejos de sus estadios soñados, jugando las versiones pobres de lo mismo en llanos y terregales;

> El presidente Trump pide 7,800 millones de dólares más para su muro fronterizo.

diría con cierta reticencia que sí, que al principio le habían llamado la atención esas pieles que de tan blancas brillaban, delicadas, que no sabían estar al sol, esos cabellos tan dóciles peinados de manera tan audaz, de repente le pasaban de cerca y le parecía que todos esos cuerpos olían a bebé, a jabón, a crema, a que los habían cuidado siempre pero diría que nunca supo acercarse, hacerse de esos cuerpos;

```
      your
       ↓
Keep  foot and mouth disease out of America.
```

diría que nunca entendió cómo hacer para enamorarse y enamo-
rar, que en realidad siempre fue demasiado cauto, que nunca supo
averiguar cómo se pasaba del maybe, menos a ese Sí que apenas se
atrevía a entresoñar y luego se prohibía porque eso, que veía aquí,
lo hacían otros cuerpos, más jóvenes, educados de otro modo, muchísimo más libres;

```
You have the right to remain silent.
```

diría si hubiera quien le prestara atención, si hubiera a quien decirle; no si alguien le tradujera pues puede hablar inglés, buen inglés,
coherente, incluso complejo, con muy pocos errores, con acento
eso sí, pues empezó demasiado tarde y aunque trate de fijar esos
ruiditos que hacen los otros, siempre algo derrapa, algo lo traiciona en el redondeo de las vocales, en el lugar exacto donde la
lengua debiera tocar los dientes;

```
Maestra,
¿es verdad que el 10% de la población es gay?
```

diría que él dijo que no, que no, sin saber que ése es el verdadero crimen, sin saber que no tenía derecho a negarse, que en eso no existe la simetría, que su No never meant No, con todo y green card, con toda su bondad, con todos sus impuestos pagados, con sus clases nocturnas y de fin de semana, nunca dejará de ser dumb, mudo y tonto, tonto y mudo; en el país de los sordos, el mudo es rey.

JUAN VITULLI

(Argentina, 1975). Estudió Letras en la Universidad Nacional de Rosario. En el año 2003 viajó a los Estados Unidos de Norteamérica. Por puro azar pasó por Nashville, Tennessee, donde obtuvo una maestría y un doctorado en Literatura Española. Vive actualmente en South Bend, Indiana, donde es profesor de la University of Notre Dame. Ha publicado ensayos y monografías sobre la cultura barroca española y americana. Cuando su trabajo se lo permite, escribe lo que él define como *literatura argentina de Indiana.* En el año 2019, la editorial Corregidor editó *Sur de Yakima,* su primer libro de relatos.

Dolor crónico

No sabe dónde dejar la mirada. No quiere interferir con las otras personas que comparten la sala de espera. Justo frente a él hay un televisor encendido sin sonido. Cabezas parlantes contando otra vez una historia abreviada de Bagdad o Kuala Lumpur. Da lo mismo esa noche porque la pantalla tampoco es una opción. La puerta lateral rebota con violencia para dejar entrar otra camilla. Ve pasar a tres enfermeros que lucen afiebrados como si fuesen pacientes. El que va acostado susurra algo que nadie llega a comprender del todo. Tiene que buscar otra dirección para mirar sin sentirse que invade un espacio ajeno. La sala es una habitación aséptica muy poco acogedora, neutra como los pasillos que atravesó para entrar. Un pequeño tablero electrónico a la izquierda del televisor va señalando en rojo los números que corresponden a cada paciente. Faltan 32 todavía para llegar al 81.

Hace más de dos horas que llegó. No sufrió ningún accidente doméstico como la señora sentada a su derecha. El ojo de la mujer está cubierto por un parche de gasas gruesas que una mano poco experta diseñó. La misma cinta con que se arreglan los cables eléctricos en las casas lo mantiene pegado a su frente un equilibrio aparente. La acompañan una niña y un hombre. Puede ser su padre. Está cansado y cuando deja de hablar suspira largo. La mujer y el hombre hablan en español. La niña alterna las dos lenguas. Cuando es en inglés menciona algún detalle de la sala, como si se escuchara a sí misma en lugar de querer comunicar algo a los dos adultos. En diagonal a ellos hay un hombre en silla de ruedas. La posición no logra disimular su gran altura. Tendrá unos 60 años y sus brazos al descubierto dejan ver que los ha ejercitado durante parte de su vida. Toda esa dureza parece esfumarse cuando, cada 5 minutos exactos, pronuncia un tembloroso *"Oh God, it hurts!"* antes de volver a mirar la pantalla de su teléfono y distraerse con un video al que no logra bajar el volumen.

Lo suyo no es nada tan alarmante. Hace dos días siente su pulso acelerado. Por las noches no puede dormirse rápido, y se pasa horas escuchando su corazón latir a un ritmo poco familiar. Pero fue esta mañana cuando se agitó al bajar las escaleras de su casa rumbo al trabajo. Le pareció extraño quedarse sin aire en el descenso. Al volver por la tarde la subida se le hizo mucho más difícil, comenzó a marearse. Su vecina lo encontró con los ojos cerrados y las dos manos apretadas al pasamanos de la escalera. Le dio las gracias a la mujer, diciéndole que no se preocupara, que solo estaba cansando. Miró de inmediato el reloj y notó que ya no podría ver a su médico en la clínica. La única opción que le quedaba a esa hora era sentarse a esperar en la sala de emergencias del hospital. Sabía que iba a tener que esperar mucho y que cuando al fin lo atendieran los síntomas se habrían esfumado, dejándolo a merced de una voz (mal dormida como la suya) que le daría consejos muy generales como hidratarse bien, dormir mejor, evitar el estrés, tomar una aspirina y hacer más ejercicio.

Decide entonces mirar hacia la pared que tiene delante, un ejercicio más de paciencia en un día demasiado largo. Observa, sobre uno de los vidrios que separa el espacio de trabajo de las enfermeras de la sala, una calcomanía bastante vieja que resiste la humedad del lugar. Es un rectángulo blanco de unos 40 centímetros de largo por diez de ancho donde hay dibujadas seis caras infantiles. De izquierda a derecha las caras van modificándose, marcan la progresión e intensidad con que se expresa un sentimiento, en este caso específico, el dolor. Todas las caras son circulares y tienen el mismo tamaño. Cada una posee un color particular. La escala cromática va desde un verde musgo hasta un rojo intenso, casi cercano al carmesí. En el medio hay lugar para otras tonalidades del azul y el naranja. Al crescendo de las caras también se le suman cuatro rasgos básicos. Son las cejas, los ojos, la nariz y la boca, hechas con líneas muy simples. Cada uno de estos trazos se dibujan con variaciones mínimas y expresan un sentido diferente en cada círculo. Las cejas de la primera cara descansan sobre una imaginaria frente a la que le sigue un par de ojos abiertos sobre una nariz sin demasiadas pretensiones y una boca que es una u alargada. Podría ser la parodia de una sonrisa. A medida que el ojo recorre la línea, las cejas van arqueándose, los ojos se achican, la nariz se vuelve una pera madura y la boca va a convertirse ahora en una u pero más pequeña e invertida. Sobre las 6 caras se lee la frase *Universal Pain Assesstment Tool*. Debajo de cada una de ellas hay también palabras que traducen las expresiones faciales en cantidades precisas del dolor experimentado: *No Pain / Mild Pain / Moderate Pain / Moderate Pain / Severe Pain / Worst Pain Possible.* Le sorprende la repetición en el centro de la escala: la cara de la izquierda es un *Moderate Pain* color azul mientras que la que le sigue es color marrón y los ojos se arquean apenas un poco hacia el centro, contradiciendo la aparente similitud de la clasificación. El último dibujo es, al menos, enigmático ¿cómo se sabe cuál es el peor dolor posible en la vida?

Debajo del cartel hay otro, de un tamaño menor pero pegado con el objetivo de mantener la simetría. Son las mismas 6 caras y la información está en español: *Sin dolor / Duele un poco / Duele un poco más* / Duele aún más / *Duele mucho* / **La** *peor dolor posible.* La traducción ha solucionado el problema de las dos nomenclaturas indistintas del centro, pero le parece irónico que se cometa un error tan básico en la sección más importante. La falta de concordancia es cómica en contraste con lo severo del rostro dolorido. Se queda mirando un tiempo más esa sección de la sala pero la pared no le brinda otra sorpresa. De tanto descansar la vista ahí comienza a pensar que la errata del artículo es ahora un asunto personal. En su bolsillo lleva junto a las llaves un bolígrafo. Es lo único que ha traído a la guardia. No hay nadie ocupando el asiento junto al cartel y cambiarse de butaca no sería un movimiento poco habitual en un espacio donde todo el mundo ya no sabe más qué hacer con la espera. Lo hace rápido y ya está sentado donde antes miraba. La mujer del parche y su familia parecen no notar la diferencia; mientras que el hombre de la silla de ruedas sigue con los ojos puestos en la pantalla del teléfono.

Observa a su alrededor y las enfermeras trabajan enfocadas en las pantallas de sus computadoras. En su nueva posición el cartel en español le queda a la altura del hombro izquierdo. Gira y con el bolígrafo primero tacha el artículo mal escrito. Debajo escribe el correcto. Ha hecho todo en menos de 15 segundos y le ha quedado tan prolijo como lo pensó. Vuelve a la posición inicial, baja la cabeza y se queda mirando la punta de sus zapatos como una forma de contener la sonrisa de su rostro porque sabe que sería inoportuno reírse en la sala de emergencias. Cuando levanta la vista ve que el hombre de la silla de ruedas lo está observando fijamente y que con el brazo derecho quita el freno a la rueda. El izquierdo hace girar la silla en el aire, aterrizando en línea recta a donde él está sentado en la butaca. Con las dos manos libres se impulsa, apoya las palmas sobre el extremo superior de las ruedas. Se mueve hacia él.

La silla y el hombre se detienen justo en la butaca contigua. El viejo gira la cabeza para poder observar qué hacen las enfermeras. Cuando comprueba que nadie lo está viendo se baja de la silla de ruedas de un salto y se sienta ahora a su lado. Cruza las piernas haciendo un gesto exagerado, como si desafiara al resto de las personas que hasta hace poco lo escuchaban gemir de dolor. Sorprendido ante tanta inesperada energía, se demora unos segundos en quitar la mirada del viejo que, en ese instante, cruza su boca con el dedo índice reclamándole silencio o discreción, para luego insinuarle, inclinando su frente en dirección al cartel, que le explique qué ha escrito y por qué.

El hombre que estaba en la silla muestra cierta decepción al darse cuenta que el arrojo por intervenir el cartel se debió a una cuestión de orden gramatical. Le hace la pregunta de rigor desde que se mudó a esta ciudad. Quiere saber de dónde es. El hombre de inmediato mira a la familia de la mujer con el parche. "Entonces ¿entiendes lo que ellos dicen?" Se siente arrinconado por el viejo, chantajeado por un episodio tan tonto como el del cartel. Pero no comprende del todo por qué el hombre ha decidido avanzar en esa dirección acorralándolo cuando hubiera podido quedarse mirando el teléfono o gimiendo cada 5 minutos. De todas formas responde como una manera de seguir el juego. La respuesta satisface al viejo que ahora ha perdido todo interés en la vida de sus vecinos de sala y empieza a hablar sin que él le pregunte nada.

Ya que me contaste lo tuyo, te confieso lo mío. Puedo caminar sin problemas. ¿Notaste lo fácil que me salí de la silla y me senté en la butaca? La silla la uso cuando veo que la espera puede ser eterna. Acá siempre las esperas son así. 62 años pero todavía tengo la fuerza suficiente en los brazos para jugar a que no camino por la poca atención que me ponen las enfermeras. Igual yo actúo un poco, no del todo. Me duele la espalda, eso sí, no tanto como para gritar pero no es fácil pasar la noche sin la medicación cuando me siento así. Tengo dolor crónico dijo el doctor al que dejé de ver hace tres años. El doctor me atendía en el hospital de ex combatientes. Estuve en aviación, por más de 15 años. No volaba sino que cargaba todo lo que va dentro de los aviones. Yo creo que me arruiné la espalda ahí pero como era más joven no me di cuenta. Ellos no se hacen cargo y yo tampoco insistí mucho. Antes el médico me daba unas pastillas para el dolor. Bastante fuertes eran porque apenas me tomaba una ya no sentía nada en la espalda. No sentía nada en realidad. Después averigüé que eran derivados de la morfina y me asusté. Peligrosas, me dijo el masajista. Me recomendó otra cosa. Unas gotas hechas de THC. Marihuana o cannabis. Es gracioso que yo que estuve en el ejército esté tomando cosas de hippies. Pero funcionan, de verdad, y no estoy dormido todo el día o afiebrado sobre el volante, con la boca seca. No las puedo conseguir acá porque en este estado no son legales y por eso cuando siento el dolor vengo a la sala de emergencias. Se fijan en mi historial médico y me dan las otras, las que te tumban un poco, sin problemas. Tomo una en lugar de dos pastillas y sigo viaje. No me gusta hacerlo pero se me pasa hasta volver a mi casa. Yo tampoco nací acá. Estoy visitando a mis hijos por el día de Acción de Gracias. Soy de Michigan, vivo cerca de Ypsilanti, un pueblo sin ningún atributo sobresaliente excepto su nombre. Tengo un hijo y dos nietos. Son mellizos, muy despiertos, juegan al béisbol en el verano. Me invitan siempre para Acción de Gracias. Voy por la ruta 94 hasta la 23 y subo hasta acá. Llego en menos de 45 minutos si no hay tráfico. Me gusta llegar el lunes y aprovechar para quedarme en casa con ellos. Pero como mi hijo tiene que trabajar casi todo el día, y los chicos van a la escuela hasta el miércoles, recién nos vemos y conversamos el jueves. Con tanto tiempo libre no sé muy bien qué hacer y por eso manejo el Uber. No es por la plata, es poco lo que hago en tres días, pero al menos puedo conversar con alguien mientras recorro las calles. Llevo a muchos estudiantes de todas partes del mundo. Me gusta hablar con ellos porque se aprende bastante. A veces me cuesta entenderles el acento. Los franceses son difíciles pero los chinos me complican más todo. Igual lo disfruto porque es casi como viajar a otros países pero bastante más barato. Yo viajaba seguido cuando estaba activo. Turquía, Alemania, España y Gibraltar. Una vez llegué hasta Guayaquil, pero eso fue lo más al sur que viajé en tu continente. Ahora que no estoy más en la Fuerza Aérea sigo viajando gratis y ya no tengo que cargar los aviones. A donde quiera puedo ir, pero siempre prefiero moverme dentro del país porque me siento más cómodo. Cerca de mi casa hay una base. Cualquier ex miembro puede acercarse y averiguar si hay algún avión saliendo en los días próximos que tenga lugar para militares ya retirados. Te dejan llevar, si hay lugar, hasta tres familiares. Los destinos son un poco más limitados que antes y yo prefiero evitar el Medio Oriente. Si están preparando una salida uno se puede anotar y a los dos días te llaman por teléfono. La última vez que viajé así fue para el cumpleaños de mis nietos, dos pájaros de un tiro, me gusta bromear. Salía un avión hacia las Azores e iba a un lugar que se llama Lajes Field para dejar una carga y recoger otras cosas militares. No íbamos a hacer mucho más que pasear dos noches en una isla bastante normal pero me pareció un buen plan. Hablé con mi hijo y él convenció a su ex para que nos dejara llevar a los chicos. No hubo problemas. Llegamos a la base con dos mochilas. Los chicos llevaban solo los teléfonos. No son aviones comerciales, sino de carga. ¿Oíste hablar de los Hércules? Así pero mucho más grandes, con cuatro turbinas enormes. No hay muchas comodidades, no hay sillas ni nada de eso, es como un garaje gigante que se mueve y hace un ruido espantoso. Cuando uno sube hay que ponerse de inmediato protección en los oídos, sentarse en el piso y ajustarse el arnés que te retiene los hombros contra la pared de la nave. Se puede hablar, pero hay que hacerlo a los gritos y si te descuidas llegas a destino sin voz. Hay un solo baño y en todos mis años de trabajo he visto, te aseguro, letrinas en mejor estado que la de estos aviones. Se mueve mucho y se nota cada vez que pasamos por una zona de tormenta. Te dan también una caja de cartón donde ponen un sándwich, una botella de agua. Mejor que United, decía mi hijo. Lo que no te dan son esas bolsas papel áspero. Si hay mareo, hay que aguantárselo o tratar de llegar a tiempo al baño. Esta vez nadie vomitó. El vuelo iba a durar más de 8 horas y mis nietos se divirtieron mucho a la ida. Llegamos sordos a la base y dormimos en las barracas militares. Fue un buen tiempo juntos. Esperamos a que cargaran todo el avión con bultos que venían de otras bases.

Nos gustó mucho ver cómo subían los tanques de guerra pero esperábamos ver también un helicóptero que nunca llegó. En su lugar subieron un contenedor cubierto con una lona azul. Presté atención a esto porque la persona que maniobraba la grúa para subirlo se quejó, en más de dos ocasiones, de la presencia de mis nietos jugando junto al avión. Se lanzaban una pelota de béisbol, nada más, y ni siquiera tenían un bate. Los motores ya se habían encendido así que no supe qué era lo que nos gritaba desde arriba de la grúa. Nos acomodamos otra vez dentro pero el vuelo de vuelta fue un poco menos interesante. El cansancio se notaba en la cara de mi hijo aunque mis nietos seguían discutiendo sobre el tamaño y el peso del tanque. Cuando el avión llegó a la altura deseada, uno de mis nietos se desabrochó el arnés y se puso a mi lado, mientras el otro, que se había quedado sentado, empezó a lanzarle la pelota cruzando el espacio vacío del lugar. Jugaban a atrapar la pelota con una gorra que yo les había regalado en la base de las Azores. Como en el garaje de su casa pero pisando un suelo diferente. Me quedé pensando en el tipo de la grúa y en la última carga. Le grité a mi hijo que iba a estirar las piernas y posiblemente necesitara usar el baño. Le mentí al decirle que iban a tener que esperar un rato largo para entrar a la letrina después de mi visita. Me hizo un gesto con su mano y empecé a caminar. A la izquierda de la puerta del baño se abría una pequeña escotilla de metal que comunicaba nuestra zona con la sección donde cargaban lo más pesado en la segunda bodega del avión. Sin que nadie me viera la abrí y saqué la cabeza lo más que pude para poder mirar hacia abajo. Hacía mucho más frío en esa parte del avión, lo sentí de inmediato en los labios, las orejas y hasta el interior de la nariz me parecía que se estaba congelando. Cuando pude acomodarme un poco, con la cabeza atravesando la escotilla vi qué era la carga del final. Debajo de la lona azul había unos 20 cajones de madera apilados en 4 grupos de 5. Sobre cada uno de ellos había una bandera que cruzaba cada féretro. Eran cuerpos, eran muertos que volvían a casa para ser enterrados en otro suelo. Me sorprendió el tipo de madera que usaban para los cajones, porque era idéntica a la que usan en Michigan para transportar las manzanas después de la cosecha. Es madera de cerezos de muy mala calidad que sirve muy bien para prender un fuego rápido pero no para otra cosa. Me dolía el cuello de tanto mirar para abajo y decidí volver a mi lugar, cerré la escotilla y caminé lento. Cuando llegué donde mi hijo podía verme hice un gesto para bromear sobre el estado de la letrina: me llevé dos dedos a la nariz y la apreté como si quisiera evitar respirar. Él se rio pero lo hizo por pura cortesía. Me senté, crucé el arnés y me puse a mirar cómo mis nietos seguían jugando con la pelota sin saber dónde estaban pisando.

El viejo calla y en su rostro no hay ningún signo de cansancio o agitación a pesar de haber estado hablando sin parar por varios minutos. Él aprovecha el silencio para salirse un poco del ritmo de las palabras del viejo que parecen mantenerlo bajo un encanto. La pantalla negra de la pared titila e indica que están llamando al paciente 81 para ser atendido. Sabe que es su número, pero algo lo retiene en su silla. El rojo del número vuelve a brillar y él está mirando la mano del viejo que sostiene el teléfono. Tiene también ahí el número de atención. 97. No lo duda. Saca el suyo del bolsillo y alarga su mano en dirección al viejo que no se sorprende ni necesita ninguna aclaración. Intercambian los números como si se dieran un apretón de manos. El viejo ya está subido a su silla de ruedas, se mueve en dirección a la puerta donde esperan las enfermeras. Mientras las ruedas se deslizan por el piso de la sala lo escucha decir otra vez, como un refrán malévolo, el *Oh God! It hurts!* Deja de mirarlo y no sabe qué hacer con el papelito del turno. 97. Levanta la vista y la mujer del parche en el ojo lo está mirando, como puede, por primera vez.

AZUCENA HERNÁNDEZ

(México, 1984). Es autora de la novela *El monstruo mundo* (Ars Communis, 2016). Por esta obra fue galardonada con una mención honorífica en el International Latino Book Awards en el 2018. Sus cuentos han aparecido en las antologías *Ni Bárbaras ni Malinches* (Ars Communis, 2018) y en *Ellas cuentan. Antología de Crime Fiction por latinoamericanas en E.E.U.U.* (Sudaquia, 2019), así como en otras publicaciones periódicas. Es candidata a Doctora en Literatura Hispánica por la Universidad de California, Berkeley. Reside en la ciudad de Nueva York.

Ideación suicida

Ajustó su bolso al hombro y escuchó sonido de piedritas en frasco de plástico. Una sonaja con chips antidepresivos ansiolíticos irruptores de serotonina norepinefrina inhibidores de dopamina noradrenalina monocíclicos sonaba con cada movimiento de su arrítmico andar. Una suerte de marioneta pedaleaba un monociclo sobre un hilo amarillo y batía unas sonajas azules con una sonrisa inquietante. Caminó dos largas cuadras. Antes de parar para esperar que la calle se vaciara pasó raudo un camión escolar del color del hilo de su sueño. Eran inadecuados, a esa hora del día, la velocidad el autobús escolar el paso ambiguo con el que avanzaba correr contra el tráfico derribada machacada con un golpe grave chillante las llantas raspando el pavimento y estridentes los metales y el chasis a gran impacto. Imaginó la calle asfaltada con neumáticos y chatarra eléctrica. Por precaución paró para reafirmar que no se trataba de un comando de programación. La sensación de no haber despertado se iría diluyendo hasta tener la solución de realidad precisa y pura necesaria para su óptimo funcionamiento.

Tendría que sentirse muy afectada, lenta, casi al punto del congelamiento. Ahora sólo era el dolor de cabeza que la llamaba desde el lugar de los cuatro días. Primero, le susurraba con una punzada irregular en la sien, subía la voz extendiendo la tensión a la parte derecha de la cabeza, invitando a concertar al hombro, el brazo, la espalda y la pierna al disonante extremo de su obsolescencia planificada.

Llevaba meses sin hablar con nadie. Intercambios mínimos con el conserje del edificio: una gotera muy cerca de la computadora central había amarilleado una parte del techo y de la pared. En el trabajo, las interacciones eran instrucciones aprendidas donde a veces ni siquiera había palabras. Había vocalizaciones de placer de los consumidores, de dolor, o de furia desquitada contra los bots en la era de la alienación posthumana.

Contó las pastillas en cada bote imaginando ciudades divididas por precisas vías de circulación y movimiento. Cada pastilla tenía un chip, una pieza de un rompecabezas de contingencias y azares, de planos y planes. Contó las pastillas: material suficiente para un mes de funcionamiento estándar. Contó las pastillas: uno dos tres cuatro treinta veintiocho sesenta capsulas mezcladas con alcohol y acetaminofén para que el envenenamiento surtiera efecto.

Ese era el posible plan en un plano hipotético: sobredosis.

Al frente, del otro lado de la vía del tren que en ese momento se aproximaba, un cartel pegado en la pared de azulejos mugrosos decía:

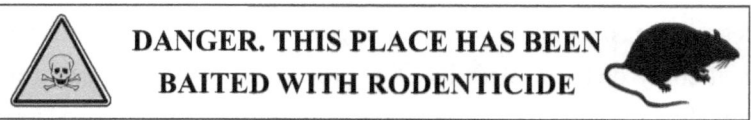

DANGER. THIS PLACE HAS BEEN BAITED WITH RODENTICIDE

Cuando pudo leer el cartel de la ratita soltó una risilla de idiota. Si se riesen así las ratas, pensó, quizá no agonizantes, podría hablarles. Estaba al borde de la plataforma, pisaba la línea amarilla.

¿Y qué si perdía el equilibrio? Anunciaba el ruidazo la proximidad del tren, rechinido de rieles y metales, vibraciones intracraneales, estruendoso golpe de aire desplazado. Entró al vagón casi vacío y tomó asiento. El dolor le fracturaba el cuerpo y le recordaba que aún disponía de uno vivo, aunque a medias, porque la programación era parte de una tecnología de organización laboral real que mantenía funcionando a todo el ensamblaje de sistemas. Sentía la cabeza enferma, aturdida, como si la enfermedad estuviera en el cerebro. Pensamientos purulentos.

Después de dos largas horas de inmovilidad, sentada en la sala de espera, el médico la recibió en su gabinete: un cuartito con un escritorio de los cincuenta, de acero pulido, descascarada la capa de pintura, frío. Era un viejo pequeño que podría parecer un niño envejecido, un viejo aniñado, algo de ambos. Encorvado hacia su computadora apenas movía los dedos para teclear. Patas de araña ágil sobre las teclas tloc tloc tloc. Mirada inquisitiva. El cuestionario repetido a voz a veces ininteligible. Hablaba bajito, como escondiéndola; parecía arrastrar las palabras la ola de un mar inquieto y perpetuo, sediento de ir y venir en el agua, arremolinando las palabras con granos minúsculos y húmedos de arena y metales. Pedía que repitiera sus palabras. Era difícil escuchar con claridad o se estaba quedando sorda. Cuando el hombre repetía el tono de voz se volvía autoritario. Las mismas preguntas de los formularios que ya conocía y que se respondían casi solos. Lucía irritado o era el miedo que amplificaba las cosas.

Sí había recibido atención médica antes. ¿Cómo son sus síntomas? Repita esos síntomas en voz alta enumere estado de ánimo insomnios dolor desde la cabeza hasta los dedos basura y confusión una sesión de fotografía para el catálogo en línea pregunta

si había estado internada antes hospital de fantástica neuroima-
ginería psiquiátrica tratamientos ábralo cómo son sus síntomas
antecedentes hospitalizaciones programa de fabricación repita los
síntomas consultorios cuáles son los síntomas miedo opresión responder cuáles son los síntomas diga si las píldoras chip han fun-
cionado examen pregunta abuso ilícito de sustancias de abuso sospecha no la puedo ayudar los síntomas actualización del sistema
denegado obsolescencia programada síntomas devaluada basura
espacial congelada cuáles son sus síntomas repita s í n t o m a s los
síntomas sentir luces al abrir los ojos en la noche exceso de electricidad actualización del sistema denegada agresividad poder el
cuestionario la escucha exigir síntomas diga los síntomas perfilan-
do averías una escucha que desarma y la hace creer que en efecto
el médico ha decidido o fue ella quien decidió ¿quería destruirse o
la querían destruir?...

¿Importaba? ¿Cuál comando originario había sido programado? Funciones reproducir eso que le dicen vivir, trabajar incluso
cuando no se trabaja producir siempre siempre trabajar tic tac tic
tac la máquina ¿Importaba? ¿Cuál era el propósito? Denigrar producir en exceso siempre el dolor muscular convertido en energía
somática para las computadoras que controlan los hongos de energía y producir escuchar tic tac tic tac palabras congeladas interpre-
tar palabras congeladas en el cuerpo síntomas repita memorice los
síntomas confusión sentir que es nada dolor en el cuello conectarse transferir energía e información descansa quieta en su cuarto
unos bips se oyen bajito como si soñara canalizar los objetos ob-
tusos servicio denegado actualización denegada mínimo margen
de ganancia pérdida no vale la pena invertir en materia de chatarra
espacial o refundición no vale no vale no vale devaluada servicio

denegado síntomas autodestrucción u obsolescencia programada. Error.

Como bot, la programaron y la podrían reprogramar para casi cualquier cosa: para el suicidio no. Tal aplicación estaba extremadamente regulada. Los programadores sabían que la desconexión final autoinfligida contenía riesgos botmicidas. Sin embargo, sí la programaron para querer vivir con desesperación y furia, para no sentir nada cuando hiciera autolavado vaginal después de las eyaculaciones eléctricas que acumulaba por jornada; para registrar los cambios de temperatura, la humedad, la presión atmosférica; hacer llamadas de emergencia; bajar los escalones renegridos hacia el subterráneo 6:00 am. Tren Express 1; pagar el pasaje. Oye el tren que se acerca y rápido busca su pase prepagado. Desliza la tarjetilla. Para ceder el asiento, y enseguida mirar sin fijar la vista como los demás pasajeros; para no eliminarse, no en las vías subterráneas del metro, no obstruyendo una vena de la ciudad por una fracción de hora, coagulo desastroso, no así. No porque no quiera hacerlo, no era una cuestión de deseo. Un *no puedo* sin palabras creciendo como una mancha en el cerebro, aislada. Tengo que vivir, dijo en voz muy baja apenas moviendo los labios, cuando se encontraba más allá de la zona de seguridad sobre la plataforma. El adormecimiento antigripal ocurría durante y permanecía un poco después de su turno como la estela de un cometa sonoro. ¿Por qué tenía que vivir? Había una aprehensión invisible en esta pregunta, un vacío y una válvula de escape. La pared de azulejos de la plataforma transpiraba una grande mancha de óxido ferroso y mugre de dos siglos.

La mancha era real y no metafórica.

Ya en casa se echó a la cama conectándose para recargar. Velbeta podía ser ella misma, optando siempre por el ahorro de energía, la inmovilidad y las posturas estatutarias. A los pocos minutos llegaron a su bandeja de entrada los resultados médicos. Aparecieron en el diagnóstico un conjunto de archivos ilegibles. Eran como los muebles viejos en casa que obstruyen entradas y salidas, vías de circulación, a los cuales hay que darles la vuelta o tener aptitudes de contorsionista para poder esquivarlos. A veces simplemente se atoraba frente a ellos congelando sus procesos de funcionamiento. Error: archivo dañado o formato desconocido.

Después de una larga jornada de trabajo, visita médica, pensamientos intrusivos, Velbeta dormía, ayudada por un breve cóctel de píldoras. Conectada a la estación central, todas la tardes recargaba las energías de sus sistemas internos. Los senderos cognitivos hacían cortocircuito y las sinapsis dejaban de transmitir los impulsos para los que fueron programados. Este recableado caótico alteraba el orden A B C … para el cual había sido programada, a B D A… creando así nuevas conexiones y desconexiones con una lógica distorsionada. Entonces su mirada se volcaba hacia mundos interiores de circuitos y tarjetas de memoria. La nanoreprogramación cognitiva celular era un proceso delicado y caro, denegado para los sistemas operativos de su clase. Mientras Velbeta se encontraba técnicamente inconsciente, corriendo en el sistema fragmentado de sus sueños, revisando las conexiones dañadas y disfuncionales, los únicos ruidos audibles eran algunos bips y el runruneo del ventilador mecánico. Sin embargo, si se multiplica esta escena por cientos que albergaba el mismo edificio, y a la vez este edificio se multiplica por cientos, se llegaba a la noción de un ruido que nunca acaba, constante como el zumbar electrizante del enjambre de abejas drones manipulados por centros de controles para polinizar las flores en los campos de Asia.

INCURABLES

MARIANA GRACIANO

(Argentina, 1982). Estudió Letras en la Universidad de Buenos Aires, completó una maestría en escritura creativa en NYU y un doctorado en The Graduate Center (CUNY) en la ciudad de Nueva York, donde vive desde 2010 dando clases de literatura y talleres. Sus textos han aparecido en revistas de Latinoamérica y Estados Unidos. Su primer libro de cuentos *La visita* (Demipage, 2013) le valió el reconocimiento de Talento Fnac en España. Su nouvelle *Pasajes* cuanta con dos ediciones en español (Chatos Inhumanos y Baltasara) y una en inglés, *Passages*. En 2018 recibió el premio de Artist-in-Residence del Brooklyn Arts Council (BAC). Actualmente es autora participante del PEN/Faulkner Writers in Schools program y profesora en Pace University (Manhattan).

El discurso del oftalmólogo

Una mujer está saliendo del subte en la estación Jay Street en Brooklyn, Nueva York. Es enero y hace 12 grados bajo cero, por eso ya en las escaleras se arregla la bufanda, se cierra la campera, se pone la capucha y aprieta las manos dentro de los bolsillos.

La jornada laboral acaba de terminar, está cansada, le duelen las piernas por estar parada mucho tiempo, horas, sin darse cuenta. Es profesora. Mira su teléfono. Tiene una cita a las 5pm con un oftalmólogo, *eye doctor*, piensa, "oftalmólogo", compara internamente. El inglés siempre tan pragmático.

Encuentra el número en la calle apuntada el día anterior. Entra. La óptica es una pecera enorme llena de cristales. Se desorienta en la geografía transparente de ese espacio espejado con puertas de vidrio, grandes ventanales que dejan ver mostradores translúcidos que exponen lentes de todo tipo. ¿Adónde voy?, piensa. *Hello, how can I help you?,* le pregunta una chica y la mujer encuentra su norte. Le explica que tiene una cita a las 5 para un *eye exam,* que tiene el marco para unos lentes nuevos, que necesita la prescripción. La muchacha le revisa la tarjeta del seguro, hace las cuentas frente a la mujer de cuánto va a costar todo, el examen, los lentes, el descuento del seguro médico. *OK, the doctor will see you here,* dice y la dirige a un pequeño consultorio dentro de la óptica.

El doctor que la recibe es un hombre mayor, de unos setenta y pico de años, calcula ella, judío, con su kipá, flaquito, un poco jorobado y con unos anteojos gruesísimos. "Culo de botella, dirían en Argentina", piensa ella. Tiene una manera de moverse muy lenta y una sonrisa atenta, dulce, ojos brillantes detrás de las gafas, de nene de cinco años, curioso.

—*Hi, I'm doctor Benowitz, and I'm going to examine your eyes today. You can take a sit in that big chair over there. How are you?*

La oficina del doctor, el consultorio, es un rectángulo angosto. Al final hay una silla grande para el examinado y a los costados varias máquinas diferentes que tienen en común el disponer de algún tipo de lente o lupa. El doctor se sienta en un taburete pequeño con ruedas. Todo bien, responde la mujer y carraspea cuando salen esas primeras palabras. *Would you like some water?,* dice en seguida el doctor. La mujer dice que no y entre sí piensa que es un tipo muy amable. Nota además que no hay láminas en las paredes con un surtido de letras de distintos tamaños sino una pantalla ubicada en la pared enfrente de la silla para pacientes. Marca de una época, se dice a sí misma.

—*Do you have your glasses with you? May I see them?*

Ella abre su cartera, saca sus anteojos viejos, se los pasa al doctor y vuelve a dejar el estuche abierto arriba de la cartera también abierta sobre una mesita. Con mucho cuidado y minuciosidad, Benowitz pone los lentes en un lentómetro. Se da vuelta otra vez hacia la mujer y le pregunta: *is this a strong prescription?.* No, responde ella, sólo los uso para leer o cuando estoy en la computadora. El doctor se voltea ahora hacia el aparato para comprobar esa respuesta y medir el poder de los lentes. Mira esos cristales a través de otro cristal especial y anota algunos números en un pedacito de papel que le cabe en la palma de la mano. Ella observa que él no se quita sus anteojos para nada, ni cuando se dirige a ella, ni cuando escribe, ni cuando mira por una de las lupas de los aparatos que lo rodean. ¿Por qué no usará lentes de contacto?, ¿habrá tenido siempre problemas de visión?, piensa la mujer.

Con mucho cuidado el doctor saca los anteojos del lentómetro, cierra despacio una patilla, luego la otra, va hacia la mesita, guarda los lentes adentro del estuche, lo cierra y lo pone adentro de la cartera. La mujer sigue sus movimientos con atención. Le parece curioso que en lugar de devolvérselos a ella, se haya sentido con la confianza de poder poner los lentes en su estuche y adentro de la cartera. Un lugar íntimo, un traspaso al mundo privado. Entonces él también siente cierta extrañeza porque enseguida mira a la mujer y aclara: *I hope you didn't mind. It was opened.* No, claro que no, le dice ella con una sonrisa.

El doctor vuelve a tomar su papelito, mira a la mujer y le pregunta sobre la historia de los ojos en su familia:

—*Have you ever had a problem with your eyes? Pain or discomfort? Did you hurt your eyes in any way? Experiences of blindness in your family? Glaucoma?* Ella se pregunta si algo de todo eso le habrá pasado a él, otra vez, por qué llevará esos lentes tan gruesos, por qué no se habrá operado, curado. Se acuerda de haber leído alguna vez un artículo sobre los problemas de visión en ciertas comunidades judías por mutaciones genéticas a causa de la endogamia. ¿Sus abuelos o bisabuelos se habrán casado entre primos? Él anota cuidadosamente sus respuestas en el mismo papelito.

—*And what is your job, what do you do?* Pregunta él sin sacar la vista de sus números.

—*I teach Spanish and Literature.*

Tras escuchar esa respuesta, el rostro del doctor se ilumina. Quita los ojos del papel y se dirige a la mujer con una sonrisa.

—*Oh, that's so interesting. Very hard classes to teach I bet... I... I*—el oftalmólogo hace una pausa y se queda pensando. Arrastra desde un rincón del consultorio un autorefractor y lo ubica entre él y la paciente—*Let me tell you, when I was in college, at some point, I had to choose between Speech or English. They were both terribly hard for me but I chose Speech.*

La mujer asiente sin decir nada. Mientras acomoda el mentón y la frente en el aparato, se da cuenta que Benowitz entendió *Speech* en lugar de *Spanish* pero no tiene ganas de aclarar la confusión. Le gusta escuchar la voz del viejo, observar esos gestos suaves, delicados, la lentitud con la que modula sus frases, la saliva acumulándose en la comisura de sus labios.

How are your students? Where do you teach?, pregunta él del otro lado del autorefractor. Ella le da una respuesta sucinta. Una casita al final de un largo y angosto camino captura su atención. Quiere hacer bien el ejercicio con sus ojos aunque no sabe qué se espera de ella. La casita se va de foco intermitentemente y el doctor anota.

Benowitz devuelve el aparato al rincón donde estaba y retoma:

—*So in this class we had to generate five speeches*—y muestra los cinco dedos de su mano—*Five speeches: one on economics, another on science, fashion, education and culture or literature, something like that...*

Hace una pausa otra vez para encender el monitor en la otra pared del consultorio. Una secuencia de letras aparece frente a la paciente. Le sonríe a la mujer y agrega:

—*...and I made all five of my speeches about the eyes. You know, the science of the eyes, the economics of the eyes and so on...*—dice el doctor orgullosamente. *Now read, please.*

La mujer lee las letras en voz alta: E D F C Z P. Con un control remoto el doctor cambia la secuencia de letras a un tamaño más chico. *Now again:* F E L O P Z D. *OK,* dice el doctor y vuelve a cambiar la secuencia de letras ahora a un tamaño diminuto. La mujer se esfuerza en leer pero no lo logra: E P Z?, O L C? No estoy segura, explica ella, no puedo ver lo que dice realmente. *That's why you don't play for the Yankees,* apunta el doctor victoriosamente mientras apaga la pantalla. Se acerca a la mujer y se detiene estoico frente a ella:

—*Those last letters I showed you, only a few people can read them. It's very rare to have that capacity. And that's something most people don't know about baseball players*—pausa dramática—: *they have really good eyes. Baseball players can see with substantially more precision than the average human, with an extraordinary ability to focus on an object*—. El doctor se sienta frente a la mujer, arrastra la lámpara de hendidura desde el rincón derecho del consultorio y la ubica entre él y la mujer. *So now you know,* concluye.

El oftalmólogo entonces examina el fondo de los ojos de su paciente. Ella con la frente y la pera otra vez apoyadas en un aparato, mira directo a la tapa de la cabeza del doctor, alcanza a ver el borde de la kipá. *Keep looking straight ahead, please,* dice él mientras desliza la lámpara de un ojo a otro en una coreografía blanda y apoya su globo ocular del lado del microscopio. *OK, everything seems fine,* dice al apagar la lámpara y moverla otra vez hacia el rincón. Ella percibe cierto alivio al escuchar ese diagnóstico y sólo entonces reconoce la tensión por la incertidumbre dilatada de una prescripción que suponía más simple.

De un estante el doctor toma unas gotas y una pequeña herramienta negra, que le cabe en una mano. *It seems like you will have the same prescription again. Just need to check one more thing,* le explica a la paciente mientras en un movimiento casi inadvertido le baja el párpado interior de un ojo y de otro para colocarle unas gotas de un líquido marrón. Enciende ahora una luz en la punta de esa herramienta y la ubica frente a los ojos de su paciente. La luz de la diminuta lamparita es tan potente que la mujer puede sentir el calor al interior de sus ojos. El doctor se desplaza despacio de una órbita a otra. Sus rostros ahora están muy cerca, frente a frente, ojo a ojo. *Keep looking straight ahead, please. I know this light is bothering you, I'm sorry. Keep looking straight ahead...* mientras se mueve levemente de izquierda a derecha. Ella piensa otra vez en la intimidad de ese momento, la intimidad compartida con un extraño, siente la respiración del doctor en su oído, su perfume. Huele a jabón, a flor blanca, a algodón. Ella piensa en el desborde del espacio personal, el borramiento de esa esfera invisible que nos rodea, esa querencia de los habitantes de ciudades populosas y entonces otro recuerdo la asalta: el colectivo 24 lleno de gente que se tomaba todos los días cuando salía de la escuela primaria para volver a su casa. En uno de esos primeros viajes sola un tipo grande, un viejo, se paró detrás de ella, demasiado cerca. Primero pensó que era solo el amontonamiento de gente lo que sentía, pero no. Él no se despegaba de ella, cada vez más cerca hasta refregarle el miembro en su pollera gris de colegiala.

Cuando termina de examinarle las retinas, el doctor se aleja y le ofrece un pañuelo de papel a la mujer para que se limpie los ojos.

Nunca llegó a verle la cara al abusador. Apenas el pelo canoso de soslayo, la chomba apretada alrededor del abdomen y pulcramente metida adentro del pantalón con cinto de cuero marrón. No se atrevió a darse vuelta por completo, a enfrentarlo. Solo se bajó corriendo del colectivo y no paró de correr hasta llegar a su casa y cerrar la puerta con llave y pasador.

—*And then, I always remember what happened at the end of that class. The professor did something that I found extraordinary*, dice Benowitz mientras se aleja hacia otra esquina del consultorio para buscar una serie de lentes.

Vuelve a encender la pantalla ahora con un texto diferente y le prueba el primer par de lentes a su paciente. *OK, this is one and this is two. Better or worse?*, le pregunta el médico manipulando con una sola mano dos pares de lentes diferentes cada uno con una sola varilla derecha. La mujer mira las letras a través de los distintos cristales y elige el número dos. El doctor repite la secuencia con otro tipo de cristales. Los mueve tan rápido, con tal habilidad de prestidigitador, que la mujer no se da cuenta cuándo está sacando uno y poniendo otro.

—*A couple of weeks before the end of the semester, the professor made this announcement in class that we were going to have an end-of-the-semester party. And so, because that class gave me such a hard time, I didn't pay much attention to it. I wasn't really interested but as we were leaving, at the end of our last class, he said to me: "Benowitz, are you coming to the party tomorrow?" "Yes, of course", I said. What else could I say, right? He was asking me directly.*

Benowitz entonces se desliza en su taburete hacia su escritorio, retoma el papelito con los números del comienzo y hace cálculos en silencio. La mujer lo observa intrigada y espera.

—I feel comfortable talking here, no problem, between the confines of these walls, but I'm horrible speaking in public. In front of an audience, I'm really bad. You must be really good at it, you have an audience every day in your classes, right?

La mujer otra vez sonríe y asiente sin aclarar. El doctor vuelve a encender la pantalla y toma otro par de lentes. Esta vez el fondo de las letras cambia de color, mitad es rojo y mitad verde. Benowitz le prueba distintos lentes en cada ojo y le pregunta de qué lado ve con más nitidez. Ella piensa en el cerdo del colectivo, en cómo reaccionaría ahora, en el asco que todavía siente.

Ahora, la mujer elige, él apaga la pantalla, va otra vez al escritorio y vuelve a tomar notas en su papelito diminuto. Cuando termina se voltea directamente hacia la mujer:

—So the party...—hace el gesto de comillas con los dedos—. *The party that the professor had prepared for us was a list of 50 topics. One by one the students had to come forward to the front and improvise a speech on one of those topics. So if a student came to the front and didn't say anything, after a minute the professor would ask him to sit down. He'd lost his chance. Because, you know, one minute of silence in front of an audience is a lot of time...*—pausa el doctor esperando alguna confirmación de la especialista que no llega—. *So my turn came. I stood in silence*

for three minutes. Three. But I didn't want to sit down. And then I started talking...

El doctor busca algo en el marco de los últimos lentes que la paciente se había probado, toma nota en silencio. Ella se acuerda de ese dicho en español: "uno es dueño de lo que calla y esclavo de lo que dice". Piensa si existe también en inglés, no lo sabe.

—*I got a standing ovation. I don't know what I said, probably I got totally off track and kept on going and going. I talked for a long time. Got a standing ovation...*

La mujer lo observa cautivada. *Wow,* balbucea y trata de imaginarlo joven, con veintipico, sin arrugas ni canas. Le hubiera gustado mucho escucharlo entonces.

—*So, at the end, the professor gave me an A and said to me "I'm giving you an A because of your last speech, the one you gave at the party, that was your best speech."*

Ella quisiera decirle que es un magnífico orador, que notó cómo fue pausando su relato para darle más gravedad a los hechos, que su elección de palabras fue concienzuda, precisa, que mantuvo su atención cautivada todo el tiempo pero no dice nada y lo observa en silencio.

—*You have to feel the fear and speak anyway. That's what I learned, at least. Feel the fear. And speak anyway.*

DANIEL QUIRÓS

(Costa Rica, 1979). Es doctor en literatura por la University of California, San Diego, donde también completó una maestría en estudios latinoamericanos. Ha publicado cuatro libros: la colección de cuentos *A los cuatro vientos* (2009) y las novelas *Verano rojo* (Premio Nacional Aquileo J. Echeverría 2010), *Lluvia del norte* (2014) y *Mazunte* (2015). Sus cuentos han aparecido en distintas antologías y sus tres novelas han sido traducidas al francés. Ha sido invitado a participar en eventos como el Quais du Polar, Toulouse Polars du Sud, Marathon des mots, la Semana Negra de Gijón, Medellín Negro, la Feria Internacional del Libro en Guadalajara y Centroamérica Cuenta. Actualmente, trabaja como profesor en Lafayette College.

La moto

La moto estaba nueva, excepto por el frente. El foco estaba quebrado, y el caparazón que lo rodeaba había casi desaparecido, junto con los espejos retrovisores. Uno de ellos aún colgaba de la estructura, como un brazo tratando desesperadamente de volver a unirse al cuerpo.

Me la quebraron, dijo, a modo de explicación. Estábamos en el patio y ni la sombra de los almendros podía calmar ese calor guanacasteco de las tres de la tarde. Yo solo podía pensar en el agua con hielo que había dejado sobre la barra, mientras que Rigo parecía más lento, hasta tranquilo. Empezó a escarbar la tierra con el pie, la mirada baja, como si la estuviera escarbando con los ojos también. No sabía si lo hacía por pena o porque solo así se puede hablar de las desgracias; tal vez un miedo a mirarlas de frente, a llamarlas otra vez.

Esta le había pasado un domingo, en el bar del pueblo. El lugar era un galerón con piso de cemento y paredes de madera. Adentro tenía unas cuantas mesas dispersas, con sillas de plástico que no combinaban; frente a estas estaba la barra, de madera también, medio hecha a la improvisada y medio torcida hacia el lado derecho. Desde ahí podía verse el mar al otro lado de una calle de tierra, por la que siempre estaban entrando el polvo de los carros, perros callejeros y una que otra gallina.

Solo los locales iban. Los turistas paraban solo por equivocación, y la gente que venía de la capital, solamente a comprar bolsas de hielo o ceviche cuando lo había. Nadie más se acercaba. El lugar era demasiado austero, pero más que eso, siempre había tenido una reputación—merecida o inmerecida, no sabemos—de broncas con machete en mano.

Aquel domingo a Rigo le habían pagado y fue a sentarse en la barra con esa intención que traen los hombres que tienen dinero en el bolsillo. Pidió una cerveza, pidió otra, y unas horas después, ya tenía toda una colección de botellas enfrente. Cerca del atardecer dijo que volcó los ojos hacia el mar. El sol empezaba a desaparecer y no se veía a nadie en las bancas sobre la arena. Por alguna razón, eso lo hizo sentirse muy solo. Pensó en su hijo en Nicaragua, en su vida corta que a veces le había parecido demasiado larga.

Iba a pedir otra cerveza, pero en eso los vio venir: dos de cada lado. Solo tuvo tiempo de levantarse y pensar en una película de acción que había visto en la televisión de la pulpería recientemente. El héroe enfrentaba una situación similar: los secuaces del malo que lo venían a buscar. Sin ningún problema el tipo los había despachado de uno en uno, con patadas y puñetazos bien puestos. La memoria lo hizo sonreír y hasta le dio un poco de risa. Aún estaba sonriendo cuando sintió sangre entre los dientes. Luego las patadas le apagaron todo sentimiento. Desde el piso de tierra los vio alejarse y supo que la habían agarrado contra la moto. Ojalá me hubieran seguido pegando, fue lo único que pensó.

Y es que le había costado tanto comprarla: una Pulsar nueva, negra. Se la habían dado a pagos y con el trabajo de guarda que incluía vivienda, había logrado apartar algo para la mensualidad. Era la primera vez en su vida que se compraba algo así, de valor. Cuando se la llevó a casa, había sentido que el viento lo hacía más alto, más grande. Quería que alguien lo viera, aunque no supo decir exactamente quién. Después solo podría pensar en ella, en la manera que juntaba las manos sobre su pecho cuando iba atrás de él en la moto, como si estuviera rezando por los dos.

La había conocido una mañana cuando llegó a limpiar la casa que él cuidaba. A veces le salían trabajitos así, le dijo: casas de extranjeros, de gente de la capital que bajaba para los feriados. Llegaba a limpiar y después conversaban de pie, sobre la calle, mientras ella le iba contando cómo eran las casas por dentro. Cuando no podía dormir, sentía que aún la escuchaba en la oscuridad. Su voz lo iba guiando entre cuartos pintados de azul, adornados con peces multicolores y sofás grandes como camas. A veces hasta se veía viviendo con ella en una de esas casas, tomando el sol o levantándose tarde, como hacían los hijos del patrón que tenían su misma edad.

En algún momento, hasta pensó en traérsela a vivir con él. Era una casa pequeña, de un solo cuarto, pero podrían arreglarla bonito; poner sillas en el frente y sentarse a ver la gente pasar. Ella tenía una hija, pero podría traérsela también. Quizás hasta le caería bien volver a ser padre, sentar cabeza un poco, como siempre le aconsejaba un guarda más viejo que trabajaba enfrente. Si mandaba a traer a su hijo de Nicaragua, sería igual que el guarda, con una esposa y dos güilas. No le pareció mala la idea.

Al principio, ella hasta le había aceptado la oferta. Volvió a verlo como cuando salían a andar en moto, con esos ojos un poco menos cansados de la vida. Después lo apretó fuerte mientras viajaban a ver el atardecer. Llegaron a la playa y se estacionaron cerca del estero, como siempre. Una garza alzó vuelo y la siguieron hacia el mar y más lejos. Luego quedaron en que él pasaría por ellas en unos días. Pero cuando pasó, no salió nadie. Pasó de nuevo y nada. Ninguna respuesta.

A los días se enteró de que el padre de la niña había vuelto. Decían en el pueblo que no lo quería; otra manera de decir que si lo veía iba a haber problemas. Pero él ya estaba atado a ella. No sentía que debía dejarla así nomás. Además, las mujeres no le pertenecen a nadie. Si ella no lo quería, que se lo viniera a decir.

Y ella vino. Una tarde. Le dijo que no y que no podía, pero en sus ojos se veía que otra persona estaba hablando. Escarbó la tierra con el pie, la mirada baja, y se puso a hablarle de su hija, de algo que ver con la estabilidad, familia y Dios.

La vio partir. Luego no supo qué hacer con todo lo que sentía. Sacó la moto y anduvo hasta que le lloraron los ojos de tanto polvo que había tragado. Fue y se estacionó frente a la casa de ella una noche. Empezó a tocar la bocina hasta que se despertaron todos los perros del vecindario, hasta que aullaron y aullaron. Volvió a venir otra noche y tocó de nuevo, medio borracho, mientras la luna se alzaba sobre los restos de basura que quemaban en un lote adjunto.

A los pocos días, fue lo del bar. Después la moto no anduvo más. No pude seguir jodiendo, dijo con una sonrisa, quién sabe cuántos perros más hubiera despertado.

Dejó de hablar y se quedó mirando algún punto indefinido del horizonte, o tal vez las manos de ella, aún sobre su pecho. Se disculpó y dijo que debía volver al trabajo. Antes de eso, pidió que intercediera con mi padre, el patrón, para ver si le hacía un préstamo para arreglar la moto. Que me lo descuente de la paga, dijo, mientras volvía a ver el carro en el que yo había llegado esa mañana. Luego dio media vuelta y volvió a su puesto lentamente; yo a mi agua, con el hielo derretido.

REY ANDÚJAR

(República Dominicana, 1977). Es autor de varias novelas y cuentos, entre ellos *El hombre triángulo y Candela,* seleccionada como una de las mejores novelas del 2009 por el PEN Club de Puerto Rico y adaptada al cine por Andrés Farías Cintrón. Los cuentos de *Amoricidio* recibieron el Premio de Cuento Joven de la Feria del Libro en el 2007 y su colección de cuentos *Saturnario* fue galardonada con el Premio Letras de Ultramar 2010. Su novela *Los gestos inútiles* recibió el VI Premio Alba de Narrativa Latinoamericana y Caribeña, durante la Feria del Libro de la Habana 2015. Escribe para cine, teatro y es Doctor en Filosofía y Letras Caribeñas por el Centro de Estudios Avanzados de Puerto Rico y el Caribe. Es profesor en la facultad de humanidades en Governors State University, Chicago.

Formas del beso que vendrá

I

No está mal eso de aceptar que soy un fantasma sentado frente a una cerveza en el bar del lobby del Sheraton Riverfront en Chicago. Por alguna razón o misterio que desconozco, la ciudad ha sido escogida de nuevo para celebrar la convención de la Asociación de Lenguas Modernas, o sea el MLA. *Estoy aquí pero no soy yo* y quiero jugar a pensar que en algún lugar de un multiverso desconocido hay un fantasma con mi nombre y mi sobrepeso que se encuentra atravesando por alguna cuita de este mismo deseo. Pero este no es ni el momento ni el lugar para hablar de sobrepeso. Pido otra cerveza para bajar un poco la tensión después del desagradable momento que he sufrido al leer mi conferencia "Sor Juana, in Defense of Learning". Cuando se me dio la oportunidad de participar en este evento elegí formar parte de la mesa de colonialistas, tratando de alejarme por completo de la situación Caribe para no tener que defender mi postura con relación al abandono nuclear de los Estados Unidos en la región. Hablo de esto en dos de mis libros más recientes, *Enciclopedia de mi vida en el Caribe* y *La literatura nazi en Santo Domingo*.

Preferí en esta conferencia hablar de un tema neutral ya que es difícil meterse en problemas con el tema Sor Juana Inés de la Cruz y el argumento de que la monja puede ser la representación principal en la ecuación *Dominatio-/+Resistance=Negotiator* de Latinoamérica y el Caribe. Los colonialistas se habían apropiado de un día completo de la conferencia y era fácil perderse entre las sesiones bajo la sombra de estrellas literarias como Margo Glantz, quien había hecho una escala en su travesía París-México para leer un nuevo trabajo donde dice, con razón, que puede hablarse de dos monjas: una llamada Sor Juana y otra llamada Inés de la Cruz. La investigadora de la Universidad de Marquette, Dinorah Cortés-Vélez, era otra de las figuras representativas en este evento colonialista. La boricua, en su libro *La sor presa,* compara a Sor Juana con escritoras revolucionarias de distintos períodos del proceso de conquista y colonización de España en América. O sea que la pone de frente a figuras como Malinche e Isabel la Católica. Me parece genial la propuesta. Al final de su ensayo analiza el atractivo del conjunto lésbico que tanto quieren explotar las series de televisión y los documentales que se han expuesto últimamente. Mi opinión es que resaltar lo lúdico-sexual está bien, siempre que sea para dar visibilidad a una obra como esa. En mi caso, no me interesa tocar el tema. Hablo más de su deseo y pasión por aprender. Así que las formas del beso que se haya dado con la Marquesa o su chulimameo con las hermanas monjas me tiene sin cuidado.

En este clima fue fácil para mí pasar desapercibido, olvidarme de lo nuclear en el Caribe y dedicarme a lo que realmente quería durante el MLA: verme con una chica que me estaba emocionando, una profesora de la Universidad de North Carolina en Chapel Hill, a quien llamaremos para estos fines Beatrice.

II

Bueno, lo cuento como si estuviese pasando ahoritita: todo lo que quería y que he mencionado anteriormente sale fatal. El tiro me sale por la culata doblemente. Sí, me veo con la susodicha profesora pero es llevarme un desengaño ya que anda nada más y nada menos que con un novio, un Fulano Abel supuestamente de Miami que para el colmo no me cae mal. Tiene una suave voz y la maneja muy bien al hablar de cómo el sistema paternalista de la iglesia católica terminó por enterrar a Sor Juana. Beatrice y el Fulano Abel han sido invitados a este mismo coloquio ya que ellos también son expertos en Sor Juana, así que por más que trato de evitarlos durante las sesiones, nos topamos en el almuerzo. Allí están, de manos tomados, en pleno chulimameo y eso. Otra profesora se sienta y les dice ¡Ay qué *cute*! Se me quema algo por dentro adivinando las posibles formas del beso que vendrá. Mi corazón es que se quema: ese motor que no necesita ni gasolina ni carbón. Ya el Fulano Abel empieza a caerme verdaderamente mal. Sigue ahí de mamañema con su acento cubano, derrotando cosas, jovencísimo, haciendo que toda la mesa, incluso yo, nos enamoremos de la elegancia de su acento. Pero el cínico en mí se deshace ante la oportunidad de arruinarle la comida. Tiemblan mis manos, mis manos frías, pero no me tiembla para nada la voz, y con mi acento de jayuya y carambanal le espeto, sin que se me quede nada por dentro:

—Oye asere, y tú con ese acento, ¿cubano de dónde eres tú?

Él se me hace el loco viejo y pregunta: "¿Cómo que de dónde?" Y ante los grandes ojos de una Beatrice que no da crédito a mi frescura, yo con la quijada como una inglesa le riposto:

—Sí, me oíste bien. Que si de Cuba o Miami eres tú.

Al parecer mi zanganería da resultado porque al chamaquito le molesta bastante mi propuesta, traga en seco, y se defiende inculpándome, o sea, diciendo que lo que yo acababa de hacer era una microagresión racista y que daba pena pero no sorpresa que fuese un negro dominicano el que cayera tan bajo. Que los dominicanos esto, que las dominicanas lo otro, como si yo no estuviese demasiado herido ya. Me han insultado tanto que me ha crecido una chapa por donde estas cosas me resbalan. Cuando te golpean y te dejan tirado en el suelo como mierda lo que queda es morirse o hacerse fuerte.

Me olvido del comemierda este y me fijo en Beatrice, que está súper encojonada y quiere comerme con los ojos. Y yo para mí digo, Sí ómbe ven y cómeme muñeca, cómeme a besos o lo que sea, ya que en el deseo el amor y la violencia para mí es lo mismo. *Golpéame y llámame Maruja,* digo con acento de señorito andalú para partir sin probar bocado y dejarles su mesa y su amor y su exquisita agonía. Para qué comer si me estoy rajando de gordo *anyway.* Para ellos la cama, la mesa. Para mí el silencio y la palabra. En sus bocas quedo, digo, y me voy.

III

La segunda tragedia la voy a contar como pasó. Como dije, vine al MLA a leer cosas sobre Sor Juana porque quería evitar que me hicieran cualquier pregunta relacionada con la situación de abandono nuclear en el Caribe. En los *coffeee breaks* de las sesiones me perdía entre el frío caminando por la vereda del Chicago River, evitando cualquier tipo de conversación que me implicara en el tema.

¿Para qué escribo sobre ello si no quiero enfrentarlo? Esta fue la pregunta que me hizo una joven profesora de NYU durante el

Q&A de mi conferencia sobre Sor Juana. Ante la pregunta de la muchacha sólo atiné a quedarme en silencio. Ella interpretó este gesto como una cobardía y así lo llamó con nombre y apellido. ¿Por qué, si escribo tanto sobre ello, no me pongo a debatir sobre el tema, en vez de estar hablando de una monja perdida en el más allá? No pude más y le dije que de mí y de la situación de abandono nuclear en el Caribe podía decir cualquier cosa pero que no se metiera con la monja. La muchacha dijo dos o tres cosas más y yo siempre me mantuve en silencio hasta que vino una persona, otra mujer, muy parecida a ella y se le acercó, tocándola levemente en el antebrazo. Ella sin calmarse se alejó del micrófono y de la luz y avanzó hacia la puerta con la otra mujer hasta que un grito las arrastró por los largos pasillos del hotel.

IV

Así es que me encuentras frente a esta cerveza esperando a Beatrice, quien al parecer se le ha escapado al novio y dice que quiere discutir un par de cosas conmigo. Espero, pero quien llega no es Beatrice sino la profesora de NYU que acabó conmigo hace poco y la muchacha que la conminó a salir y dejarme en paz. De entrada me dicen que son hermanas y yo para mí bueno, qué bien… ¿Quieren tomarse algo? No me quedó otra que ofrecer y ellas me sorprendieron al aceptar. Lo que te voy a contar ahora puede que varíe en peso, color y sustancia, porque el tiempo y las emociones también han variado, pero la leyenda va como sigue: la profesora se llama Lunamoon y da clases en NYU, en el departamento de Estudios Latinoamericanos. Su área de concentración es la escritura afroamericana durante la era de Nixon. La otra muchacha, su hermana como he dicho, se llama Mía y es guitarrista en el

Berklee School of Music. Les insisto que pidamos algo de beber y Mía dice *¡Champagne!* Pedimos una botella Berignaux '98 y nos acomodamos en unos sillones. De inmediato ellas me bombardean con preguntas: ¿Conoces a la escritora dominicana Sussy Santana? Por supuesto, respondo. Añado que mi ensayo sobre sus *Poemas Domésticos* es oro molido. Tengo su novela *Tsunamis Nuclearis* en mi lista de lectura. Antes de poder empezar a quejarme sobre todo lo que tenemos que leer y el poco tiempo para hacerlo, las hermanas me proveen información jugosa sobre la famosa novela. Llega la champaña, por alguna razón cada vez que bebo espumante no puedo dejar de pensar en Jean Luc Godard.

Resulta que la novela no la escribió Sussy, que en realidad siempre ha sido más para la poesía que para el texto largo. Y si no fue Sussy, ¿quién la escribió?, pregunto al finalizar nuestro brindis. Y tengo que recoger la quijada cuando me dicen que fue Águeda Villamán. ¿Águeda? ¿La poeta? Pregunto. Sí, la misma que viste y calza. Villamán fue la cabecilla del complot para secuestrar a la señora Emma Balaguer. Sigo recogiendo mi quijada del piso, rota y muerta. Su hermano, el Enano Ciego Joaquín Balaguer, quedó ciego precisamente luego de que la bala que era para matarlo fracasara en su intento. Ese mismo día, por coincidencias de la vida, fue que sucedió el famoso desastre nuclear en el Golfo de México. Si algún día los forenses literarios llegan a trabajar este cuento, sé que encontrarán vainas rarísimas pero a mí me parece una historia muy interesante así que en este momento dejaré la emoción trastornar la ficción. Pero, ¿se puede escribir de otra manera? Les digo a las muchachas que claro que conozco sobre el complot del secuestro y el intento de asesinar a Balaguer. Mía, continuando el relato, celebrando la champaña, aclara que Águeda estaba ansiosa por publicar esa novela. Fue su proyecto de vida. Eran, como decirlo, sus memorias. Había escrito toda su poesía solo para encontrar el lenguaje que le permitiera revivir su pasado. Publicarlo con su nombre era imposible porque, en el gobierno actual, hay agentes Ramfistas y Neo-Reformistas infiltrados en el sistema y tienen como objetivo eliminar todo resto de aquel ataque de nuestra narrativa actual. Le pregunto cómo encaja Sussy Santana en todo esto. Las hermanas responden casi de inmediato que Sussy Santana no es otra que la hija de Águeda. Y como si eso fuese paja de coco también dicen, siempre a coro: "Sussy Santana es nuestra madre".

La historia me hace cambiar de champaña a ron. Hay un silencio rápido. Voy a decir algo tipo *Guau, todo esto es tan sorprendente,* pero me pongo a hablar de la novela *Tsunamis Nuclearis:* dada la joven edad de Sussy Santana, interpreté todos los detalles sobre el ataque contra Balaguer y su señora hermana y la catástrofe nuclear ocurrida el mismo día como una gran obra de no ficción. Agrego que mis notas estaban un tanto dispersas porque no había leído la novela en toda su profundidad. Ahora, sabiendo que el libro fue escrito por Águeda y que Sussy y ella están ligadas por una línea más allá de la sangre, bueno, pues toda esta información condiciona inevitablemente mi nivel de procesamiento. Me consta también, que la novela ha sido todo un éxito de superventas en el Gran Santo Domingo. Al decir esto, Lunamoon me interrumpe y dice: ese es el problema, que ella fue al Gran Santo Domingo a la presentación de la novela, pero nadie la vio salir del aeropuerto. No hemos tenido noticias suyas. Tememos que haya sido secuestrada por los esbirros Ramfistas. No sería la primera vez que esto ocurre con escritores y escritoras que juegan cerca de la censura.

Las chicas se me empiezan a poner tristes. Siempre he sentido una gran pasión por los objetos de un pasado que también era mío y que cuando me teletransporté a los Estados Unidos el 11 de septiembre del 2001, de alguna manera se desfiguró para siempre. Lunamoon, ni corta ni perezosa, aguantando una lágrima, lanza una propuesta en mi dirección: tú eres la persona que puede rescatar a nuestra madre.

Cambio a champaña nuevamente y me echo a reír porque ¿rescatar? ¿quién soy yo para acceder a una Galrax nuclear en el Caribe y rescatar a nadie? Además, ¿cómo sabían ellas que yo tengo viaje para el Gran Santo Domingo? Eso lo tengo tan en secreto que ni siquiera lo he mencionado en este cuento. Mía dice que rescatar puede que sea mucho, es verdad, pero por lo menos puedo darles razón sobre ella, confirmar que está en la Galrax, cualquier cosa es mejor que nada.

V

Voy al Gran Santo Domingo porque el Departamento de Estudios Latinoamericanos de la Universidad de Chicago, al que pertenezco como investigador, me ha otorgado la beca Chicago Boys Fellowship para realizar un trabajo en un reactor nuclear en el Caribe. Como me crié en el Caribe, tengo suficientes niveles de Tricloxerine en la sangre como para soportar la radiación que flota malignamente en el aire. Así fui elegido para visitar la Galrax nuclear que está en lo que antes se conocía como El Faro a Colón. Al parecer los libros que he escrito sobre la situación nuclear del Caribe, y los chismes que se deslizan por los departamentos de Latinoamericana y Caribeña de distintas universidades, delataron cualquier intento de mantener mi viaje encubierto.

Y así, con las cartas sobre la mesa, y con las chicas bellas y tristes y con las copas de champán que ya llevaba encima, dije que sí, y me comprometí a ser el espía que traería información sobre una de mis escritoras favoritas, que ahora pasa a ser un personaje que supera cualquier trama.

VI

Me teletransporté al Gran Santo Domingo en una horrible tarde de febrero. Fuera de la terminal, me enfermé. La humedad y olor a Tricloxerine me apretó los pulmones y el estómago. Una cosa es tener esa bacteria en la sangre y otra poder oler lo que le hace al aire. Me tomaría un par de días acostumbrarme. Tabar, el joven escolta que me fue asignado, esperaba afuera en un motorpad. Le di mi equipaje, tomé asiento y me concentré en el camino. Qué inútil tratar de reconectar mis recuerdos de la mediaisla con lo que sea que es ahora. El Gran Santo Domingo de la Redistribución Nuclear. De vez en cuando, encontraba al joven Tabar mirándome a través del espejo retrovisor. Fingí estar distraído por el mar. El agua que mis antepasados describieron alguna vez como azul turquesa. *Boca Chica, La Caleta, Manresa, Güibia...* Nombres que son ahora alimento para historiadores. Un buen nostalsong para dormir a los niños después del almuerzo. ¡Oh, volver a la mediaisla luego de tantos años! ¿Quién lo hubiese imaginado? Llegamos a la estación del reactor en bola de humo. La visión de la Galrax del Faro a Colón era imponente.

La joven que me hizo el proceso de entrada se llamaba Tempestad Rizo. Una mujer blanca, con curvas peligrosas y ojos verdes. Intercambiamos algunas miradas violentas, o tal vez fue mi imaginación alterada con la nota de Tricloxerine. La mujer revisó mis documentos del Chicago Boys Fellowship y luego me invitó a entrar a una sala donde me iban a tomar los niveles de radiación. Creo que a ella le sentaba un poco mal que yo estuviese visitando esa Galrax con un dinero que venía directamente del legado de Pinochet, pero a mí eso me daba un soberano pepino. Una vez se realizaron los controles de seguridad, Tabar recogió nuestros pases de entrada y nos dirigimos al sótano del reactor.

Tomamos un elevador de vidrio desde donde se podían ver las principales unidades de procesamiento atómico. Un piso antes de llegar al archivo de cédulas, donde figura la biblioteca principal, Tabar se detuvo para confirmar la autorización. Estaba parado frente a una pantalla, distraído. Yo me puse a husmear con la vista y me fijé en la extraña luz que salía de unas puertas contiguas. Él no dijo mucho pero lo poco que dijo me llevó a creer que tras esa luz estaba el depósito. Los *Brain Reservoir* no son un secreto pero muy poca gente ha podido confirmar que existen. Gigantescos laboratorios donde se conservan todos los cerebros de gente subversiva que cae presa. Esta es una práctica que se viene haciendo desde la Guerra Fría, ahí descubrieron la tecnología que permite mantener al cerebro en su estado criogénico. Me pregunto, ¿por qué el cerebro y no el corazón? ¿Estará ahí el cerebro de Sussy Santana?

Tabar obtuvo el acceso y nos alejamos de esa puerta hacia el salón que nos tocaba. Allí, frente a los archivos de lo que, según la beca, debía yo estudiar. Conecté mi hipocampo al Hardbox que me asignaron. De ahí en adelante la tarea sería evadir la vigilancia de Tabar en algún instante y tratar de obtener noticias de Sussy, o de su cerebro. No fue difícil. Me di cuenta que yo le gustaba al chico, así que descaradamente le propuse un beso. Sin pensárselo dos veces se me vino encima. Sostuve su cuerpo entre mis brazos.

Temblaba como una hoja de plátano bajo la Luvia torrencial. ¿Puede uno enamorarse con un solo besito? Sí. Y hasta sin besarse; solo con el sueño, con la imagen o el deseo de las formas del beso. Un beso es como una estrella, tan pequeño pero tan poderoso que puede absorber archipiélagos contaminados. Un beso es un *Tsunamis Nuclearis*.

Luego del dulce abrazo, me robo sus credenciales. Con ellas tendría acceso al depósito cerebral. Nunca fui un buen ladrón, así que Tabar se la llevó para rápido. No entendía cuál era mi obsesión con esos cerebros, y por qué no estaba yo trabajando en los archivos que me asignaron, según la dichosa beca. Mentí. Dije que necesitaba algunos datos para dar contexto a mi argumento. Que en Chicago hablamos mucho del *Brain Reservoir* y que no quería venir al reactor y no poder verlo siquiera. Cosa de *scholars*. Él se dio cuenta de la mentira pero no reprochó y con la media sonrisa me dio quince minutos de acceso. Qué bello es Tabar... Su juventud. La consciencia de que le queda vida por delante. A mí nada. Con los niveles de Triclorxerine cada vez más altos, y a mi edad, lo que me queda es un suave declive hacia la nada. Perdón. Tachemos eso. *I am not going down like a bitch. I am going down like a Rolling fucking Stone.* ¿Cómo que la muerte no es nada? ¡Caballero! La muerte lo es todo.

Salí al pasillo luego de darle un besillo y sin dilatarme encontré las puertas de cristal. Puse el código. Las puertas se abrieron con un crujido de hielo. Aire frío sale del interior. No tuve que buscar mucho ya que ella estaba entre los cerebros nuevos y casi tropecé con ella. Ya le habían procesado el ingreso y sería destinada al museo de escritoras peligrosas, entre Aída Cartagena Portalatín y Aurora Arias.

En el interior de una campana de cristal conectado a miles de cables y tubos por donde circula el amiotecus lequid que mantiene los cerebros latiendo, estaba Sussy Santana. Me acerqué cuidadosamente, conecté mi hipocampo y recibí los datos duros en nanosegundos. Un mareo de terremoto de azúcar se me viene. Desconecto los cables. Me mido el Tricloxerine, la glucosa, todas las lecturas están por los cielos. Mis piernas ceden. ¿Es en verdad esto lo que piensa un hombre que va a morir?

Todos los archivos de Sussy Santana son ahora míos. Sus recuerdos, las imágenes. Soy un aleph de ella. Sigo mareado, respirando fuerte, aguantando las ganas de cerrar los ojos y ceder. Abro los ojos y estoy muy cerca del cristal que la sujeta. Mi única, última reacción es besar el cristal. Es entonces cuando mis labios empiezan a recibir una extraña fuerza y antes de colapsar, me doy cuenta que los recuerdos de Sussy están borrando todo mi sistema operativo. El último recuerdo que conservo es la imagen o el sueño de un jovencísimo Tabar que corre hacia mí blandiendo algún tipo de arma. Logro dominarlo y quitarle el mazo. Le doy hasta para los Marlboros. Le hice daño pero no lo maté. Salté sobre su cuerpo para golpear la campana de cristal hasta hacerla añicos. Esto generó una fuerza sismogénica en el reactor. Este recuerdo termina con el cerebro de Sussy, ascendiendo envuelto en un halo solo igual al canto de su poesía, al poder de su palabra, y el pensar de su corazón.

ULISES GONZALES

(Perú, 1972). Ha publicado una novela: *País de hartos* (Estruendomudo, 2010), cuentos, crónicas y ensayos en *Revista de Occidente, Hueso Húmero, Renacimiento, Hermano Cerdo* y *Buensalvaje*. Sus trabajos han aparecido en las antologías: *Escritorxs Salvajes* (HyperMedia, 2019), *Cuentos de Ida y Vuelta: 17 narradores peruanos en Estados Unidos* (Peisa, 2019), *Estados Hispanos de América* (Sudaquia, 2016), y *Casa de locos. Narradores latinoamericanos que estudian un doctorado en Estados Unidos* (Paroxismo, 2015). Dirige la revista de literatura *Los Bárbaros* y codirige la editorial Chatos Inhumanos. Es Máster en Literatura Inglesa por City University of New York (CUNY) y profesor a tiempo completo en el Journalism and Media Studies Department de Lehman College (Bronx, New York).

Por ahí viene el invierno

Pregunté a Clelia si había cambiado de idea sobre el amor.
—Naturalmente, me dijo.
Cesare Pavese, *La playa*

Al verla en el aeropuerto se imaginó que algo no andaba bien. No que ella estuviera enferma. *Taquicardias inesperadas. Meses de observación. Corazón frágil. Corazón de pajarito.* No veía a Paloma desde que ella decidió regresar a Lima, abandonar la Maestría y no postularse a esa beca para el Doctorado que le ofrecieron en Nueva York.

No tenía el mejor carácter. *Es muy jodida,* le dijo su padre alguna vez. El mal genio era en parte debido a las migrañas constantes y a esa presión por triunfar que—suponía él, peruano prejuicioso—le venía por su lado judío y la torturaba: Paloma siempre quería ser la mejor.

No lo era. Su genio siempre era vencido por la impaciencia. Dejaba todo a medias—como la Maestría en Estados Unidos, como el trabajo que empezó con un sueldazo en Manhattan, en esa empresa de traducción donde su trilingüismo era una enorme ventaja. También dejó a medias los varios novios que intentaron lo mismo que él: casarse con ella.

Una amiga común, Charo Díaz, que había sobrevivido ilegalmente en California y en Barcelona, que conocía a Paloma del colegio y, a su manera, también la quería, dijo que el problema de ella era el de todas las *pitucas, pijas, gomelas, fresas* que había conocido: no tenía ningún problema de verdad. Por eso se los inventaba.

—Suéltala sin un centavo en el bolsillo en medio de la Avenida Abancay y vas a ver que, al toque, se le va toda la depresión— decía Charo.

Depresión, migrañas, ansiedad. Tenía también unos problemas gravísimos con su madre. Se peleaban todo el tiempo. La había amenazado, varias veces, con desheredarla.

Todo eso se lo contó Paloma durante el viaje largo desde el aeropuerto Jorge Chávez, por el túnel de la Línea Amarilla bajo el Río Rímac y después por Evitamiento y por la Avenida Tacna (ella se persignó frente a la Iglesia de Santa Rosa), hasta el Jirón Lampa donde estacionó su BMW negro en un garaje. Paloma le dijo entonces que se había comprado un departamento en un edificio antiguo del Centro y quería enseñárselo, antes de que hicieran nada. *Está muy cerca,* dijo, y empezaron a caminar.

—¿Te acuerdas?—Apuntó ella con el dedo. Esos dedos finísimos. Y al final de ellos, entre el frío húmedo (*¿Qué esperabas?* dijo ella. Es julio. ¿Cuánto tiempo hace que no vienes a Lima en invierno? *20 años.* Qué querías. Sólo a ti se te ocurre abandonar la playa donde pasas el verano con tu familia en Estados Unidos y venir a Lima en julio.) Al final de su finísimo dedo, él vio las escaleras del hostal donde se metieron aquella madrugada. *¿Te acuerdas?* preguntó Paloma otra vez.

Él recuerda: la camioneta negra de doble tracción, recién comprada, que él dejó estacionada frente al Club Nacional para meterse al bar Munich (¿se tomaron cuatro o cinco jarras de cerveza?). Salieron del Munich y se fueron a bailar a una discoteca en Zárate, al lado de unos ventanales desde donde se veían las luces amarillas de la Lima antigua.

Recuerda mucho la cara del joven soldado: el cachaco estaba parado en la esquina de la iglesia de San Francisco—la entrada de las catacumbas—apuntando su metralleta hacia el cielo. Paloma no quería creer que dormía y quiso que se acercaran. Lo hicieron hasta que pudieron ver, a escasos centímetros de distancia, el detalle de sus párpados cerrados y sus pestañas larguísimas.

Recordaba también el cuerpo de Paloma apretado al de él, en la discoteca. Mientras bailaban ella le había metido la mano en el bolsillo del pantalón. "Qué es esto?", preguntó, y él respondió sin ninguna vergüenza: un condón. Paloma le dijo *cochino,* y luego dejó que avanzara la mano debajo de la ropa. Regresaron al Centro de Lima en un taxi y caminaron pisándose, borrachos en la madrugada. Rodearon al soldado que dormía—unas cuadras más allá se veían los tanques estacionados—y encontraron ese hostal de muchas escaleras con nombre de ruinas incas: *Machu Picchu.* Lo escogieron porque miraba hacia Palacio de Gobierno y a él le obsesionaba la idea de abrir la ventana de un cuarto y ver la Plaza de Armas. Subieron las gradas agitados.

Él la puso de espaldas. Se inclinaron, él sobre ella, al borde de la cama. Se bajaron los pantalones al mismo tiempo, casi cayéndose, y Paloma lo gritó por intentar metérsela en el culo. Se echaron juntos sobre la cama sin destender y se quedaron dormidos.

Mientras caminaba por el Centro, por la vereda del Jirón Huallaga, también se acordó que ella lo había rechazado unas cuarenta veces. Que nunca se quiso casar con él. Sugirió—nunca directamente—que le parecía muy por debajo de su destino casarse con un periodista peruano, un bohemio sin más aspiraciones que la de escribir una novela. Se acordaba de las migrañas cada vez que él insistía en que se volvieran a ver. A ellas agregaba otras excusas, rechazos cada vez más toscos, más torpes.

Él también se acordaba del desprecio que ella quiso disfrazar con ese "solo quiero que seas mi amigo" que le dolió un buen tiempo: varios años. Cuando se fue a Estados Unidos e hizo lo que Paloma siempre temió—ser borracho, ser bohemio, ser escritor, vivir sin pensar en el dinero, en el departamento y en la camioneta doble tracción que abandonó en el Perú sin terminar de pagar—volvieron a conectarse por correo electrónico. Ninguno se había casado todavía y él la invitó a Nueva York. Ella dijo que sí y aquello despertó alguna esperanza.

Hubo situaciones que él interpretó como un *click* y que se podrían resumir así:

1. una noche maravillosa en un Marriot del lado este de Manhattan

2. un viaje de tres días a Boston que incluyó dos noches en un hotel carísimo, que ella pagó, frente a la bahía.

3. Paloma se quedó a dormir con él en el diminuto cuarto del departamento que compartía con tres *roommates* en Brooklyn.

Ella lo miró todo, con sus ojos claros e inmensos: los edificios de paredes despintadas, el desorden del departamento—él responsabilizó a los hermanos argentinos con los que convivía—, la chatarra de un Brooklyn aún sin gentrificar que llenaba la vista desde su azotea, la pequeñez de su habitación en la cual apenas si entraban un futón, unos cajones de ropa, una silla y una mesa con la computadora.

El sexo con Paloma en Nueva York fue tan bueno como el de Lima: él todavía recordaba sus ojos cerrados mientras lo hacían dentro de la tina del hotel, como en un vaivén, recuerda que mientras se la metía, ella en cuatro sobre la cama de Brooklyn, él jugaba al mismo tiempo con un dedo en su ano, y que eso a ella parecía fascinarle. Recordaba también el calor de su cintura delgadísima mientras paseaban abrazados por el *Southport:* ella vestida con el polo de *I love NY* que le regaló y que le quedaba tan bien. Sin embargo, antes de volver a Lima, Paloma le hizo saber que había visto *cucarachitas* sobre el lavatorio y que jamás podría vivir con él.

Casi no se hablaron hasta que en el 2013 ella le mandó un correo para decirle que la habían aceptado en una Maestría en Nueva York. "Fíjate tú", le dijo. Paloma se había dado cuenta que lo suyo no era la administración, ni la gerencia del banco familiar que su madre ofreció conseguirle para que se quedara, sino la Escritura Creativa. Le habían validado muchos cursos de la Universidad de Lima (Derecho) y los diplomas que sacó en la Universidad Pacífico (tenía varios relacionados a la administración de negocios, un par en filosofía y en psicología). Escribió una historia bastante buena, para presentarse. Él ya la conocía: el abuelo judío de Paloma había colaborado con los nazis en Francia. Para pagar la culpa él se ofrecía de enterrador. El mucho dinero que había donado para la causa judía en Israel no bastaba. Con la ilusión del perdón de Yahvé, el abuelo de Paloma cavaba las tumbas y enterraba a las familias pobres y ricas del cementerio judío de Lima.

Paloma utilizó una docena de migrañas y otras excusas para no verlo durante la Maestría: rechazó paseos por Manhattan en el otoño, expediciones al Valle del Hudson en el invierno, un viaje a Pennsylvania en la primavera, otro a las playas de Long Island al principio del verano.

En el 2013 él ya se había casado con Samanta, una espigada hija de italianos dedicados al negocio del aire acondicionado. Al año siguiente, cuando estaba por nacer su primer hijo, Paloma dijo que quería conocerlo pero siempre tuvo una buena excusa para no hacerlo. Él le ofreció que se quedara algunos días con ellos: ahora tenía un buen trabajo y un departamento en las colinas del afluente condado de Westchester. Una vez ella se excusó porque le disgustaba tomar el tren, pero no aceptó que él la recogiera en su camioneta. Paloma le mandó un correo cuando ya había echado su futuro en Nueva York por la borda: dejó el tercer semestre de la Maestría a medias y regresó a Lima.

Desde entonces perdieron contacto. Hasta que de la nada, después de muchos años sin saber de ella, una mañana le llegó un correo de Paloma ofreciendo recogerlo del aeropuerto. Paloma se había enterado que presentaría una revista de literatura en la Feria del Libro de Lima. A él no se le ocurrió otra cosa que decir que sí. No se vieron sino hasta esa mañana en que su avión aterrizó en el Jorge Chávez, y él enfrentó el invierno de su ciudad después de 20 años.

Mientras caminaban por el Jirón Huallaga, él todavía estaba procesando la información que ella le dio durante el camino: las taquicardias, el corazón frágil, la depresión crónica, las riñas con la madre. También procesaba las excusas de toda la vida, lo que pasó en Nueva York, el desprecio, la indiferencia. *El cariño.*

Las noches cálidas. Una preocupación por su destino como escritor que muchas veces pareció auténtica. Una relación de más de 30 años.

—*Qué hermosa que es esa chica*—le dijo una tía, allá en la Lima de 1995—*eres un idiota si no te casas con ella.*

—*Solo te voy a volver a besar el día que te cases y conozca a tu esposa*—le dijo Paloma una tarde, la última vez que le propuso casarse, semanas antes de que él se fuera a vivir a los Estados Unidos para siempre.

—Me van a poner un marcapasos—dijo Paloma. Se detuvo frente a una de las puertas de un edificio ennegrecido por el esmog. Forcejeó con una llave. La puerta rechinó. Tenía la madera descascarada y las bisagras oxidadas. Por dentro se veían las manchas de la pintura fresca tapando huecos y manchas. El piso de la pequeña entrada era de un mármol cubierto de grasa, de tierra.

—Por acá—dijo Paloma. Señaló unas escaleras de madera que estaban reforzadas con una serie de vigas a ambos lados de las gradas. Se veía moho en muchas de ellas—Son solo tres pisos. Las he hecho revisar y me han dicho que aguantan—dijo Paloma y sonrió. Su primera sonrisa desde que salieron del aeropuerto.

El edificio estaba en ruinas, sin embargo el tercer piso parecía haber recibido algún tipo de saneamiento. Estaba en mucho mejor estado. Las puertas de madera estaban reparadas y pintadas, las chapas eran nuevas.

—Los otros dos departamentos los ha comprado una amiga de mi madre. El edificio tiene valor histórico. Fue de una familia vinculada a Ricardo Palma. Acá se alojó Rubén Darío. Dicen que en este departamento estuvo Melville y Hemingway cuando pasaron por Lima—Lo miró. Sabía que esos nombres iban a llamar su atención—Ya he hablado con un arquitecto y hemos decidido unas refacciones y cambios que están permitidos. No podemos tocar el casco original, tampoco los balcones. Paloma estaba forcejeando la puerta de madera del departamento. Al fin abrió.

—Mira esto—dijo.

Al abrir la puerta vieron luz, las ventanas inmensas. Era uno de esos extraños momentos de invierno en que brilla el sol de Lima. Los vidrios habían sido restaurados. Los pisos de mayólica negra y blanca estaban recién encerados, las paredes pintadas de colores terrosos: azules, verdes, amarillos. Vio una majestuosa cama de dos plazas de madera tallada y un inmenso baúl con detalles de hierro forjado a sus pies. Había una elegante mesa de noche, una estantería sobre la que habían colocado un retablo. Él se acercó para fijarse en los detalles: era el interior de un bar. Había borrachos y una señora que parecía levantarse las polleras y bailar mientras los hombres miraban. En la pared del retablo se veía una docena de botellas de distintos colores y un cartel que ofrecía chicha y aguardiente.

En la habitación también había un escritorio. Era antiguo y sólido: amplio, con la superficie recién barnizada y pulida. Era el mueble más iluminado. Él creyó entender por qué Paloma lo había llevado ahí.

—¿A quién quieres más?—le preguntó ella. Se puso las dos manos sobre el pecho y bajó la mirada. A él le pareció ver una lágrima. Se le veía tan frágil. Él la abrazó. Escuchó una voz muy débil que le decía: "Tengo miedo". Una bandada de pájaros voló frente al balcón, sobre el cielo de la pileta, delante del palacio, encima de la plaza. Y mientras ella respondía a su abrazo, con fuerza, él miraba ese paisaje atónito, sabiendo que dijera lo que dijera, a ambos les iba a doler.

SEBASTIÁN ANTEZANA

(1982). Nació en México pero se trasladó muy pronto a Bolivia. Es doctor en Estudios Romance por la Universidad de Cornell y actualmente es profesor visitante de español en la Universidad de Syracuse. Es autor de las novelas *La toma del manuscrito* (Alfaguara, 2008) y *El amor según* (El Cuervo, 2011), y del libro de cuentos *Iluminación* (El Cuervo, 2017). En 2008 recibió el X Premio Nacional de Novela de Bolivia por *La toma del manuscrito*.

"My very own página en blanco" pertenece a su libro *Iluminación* (La Paz: El Cuervo, 2017).

My very own página en blanco

Entonces, cuando todavía nada había pasado, se veía como un puntito verde y azul, pacífico, flotante, en medio de una calma ingrávida. Después del impacto todo quedaría arrasado y no habría más tiempo, pero entonces todavía existía y por eso puedes contar una historia.

Esa noche estás con Laura. Mientras la tocas piensas que la quieres y que por eso la situación es complicada y piensas, además, en la novela que estás leyendo, en la inminente llegada del asteroide. Después de verlo representado hasta el cansancio en multitud de otros libros y películas, eso de que el planeta vaya a ser golpeado por una roca celeste es de tan mal gusto que resulta irresistible: millones de personas esperando a que un cliché aniquile de un solo golpe la Tierra. Laura, es algo ancha de cintura y bonita. Mientras le susurras al oído que quieres coger una última vez, le pones las manos sobre las caderas y sueñas, como en la novela, con irte a vivir a una de las muchas estacionesbar que orbitan la Tierra, múltiples pequeños satélites que forman un ancho cinturón verde y difuso de alcohol metílico. Sería hermoso ser uno de los pocos privilegiados que pueden ver desde allí, desde una estación lo suficientemente lejana a la colisión y sosteniendo un *vodka tonic,* cómo el asteroide impacta el corazón del sudeste asiático, devastando en segundos todas aquellas islas y todos aquellos mares que súbitamente se transforman en materia ígnea, mutante y volátil, que se dispersa por el espacio. Todo convulsionado. El universo en sus primeros días.

Laura es viuda. Tres años antes estaba con Mario cuando el Chevrolet que manejaban se estrelló en mitad de la carretera contra el camión de una planta empacadora de carne. Para entonces ella y Mario habían estado casados por dos años y vivían hacía uno en Jacksonville, en el centro de Florida. Ese día aseguraron con doble seguro las puertas de la casita que compartían y cerraron la llave del gas. Iban a pasar el fin de semana en las playas cercanas, así que decidieron sacar el pequeño Chevrolet que casi nunca utilizaban. Mario se puso al volante y, mientras encendía automáticamente la radio y recordaba no haber reparado todavía el cinturón de seguridad de su asiento, trancado dentro del mecanismo, se prometió no pasar de los 80 kilómetros por hora. Condujeron cuarenta y cinco monótonos minutos por la carretera ancha y despejada hasta que vieron a la distancia la mole de la parte trasera del camión. Entonces Laura dijo o pensó algo, que por favor abriera o cerrara la ventana, que le subiera a la música o cambiara de estación. Mario, distraído, accedió, lanzó una sonrisa al aire e inmediatamente salió expelido por el parabrisas del Chevrolet hacia la puerta trasera del camión, contra la que su cabeza explotó. Sostenida por su cinturón, Laura chocó contra el tablero, se rompió la frente y tuvo que pasar diez días en el hospital. Durante los tres primeros le dejaron la herida abierta porque el cerebro estaba hinchado y la inflamación demandaba espacio, de modo que, despierta, insomne por la muerte de su esposo, se pasaba las horas lagrimeando y con un drenaje en la cabeza, invadida por el olor de su carne, de su propia sangre, una mezcla de plasma, pus y alcohol medicinal que la aterraba. Los días pasaron lentos y tras recuperarse y sanar Laura volvió a la pequeña casa de Jacksonville para sacar de allí sus cosas. Ahí comenzó una segunda parte de la vida.

Desde que llegaste a Estados Unidos trabajaste de electricista. Como siempre lo hiciste de forma independiente, el oficio era relativamente sencillo y te permitía regular tus horarios, pero después de casi tres décadas empezabas a encontrarlo rutinario. Ibas temprano por la mañana a casas y departamentos donde señoras mayores en batas y pijamas te pedían reposicionar la antena de televisión, reparar el triturador de basura y arreglar el alumbrado de su lado de la calle. Al principio no te molestaba pero ya tenías sesentaidós y las rodillas resentidas, habías logrado ahorrar cierto dinero y preferías no pasarte el día haciendo un trabajo en buena medida físico para el que ya no eras apto. Además, querías dedicarte a otras cosas. No te llamaban mucho la atención las actividades del latino clase media retirado: largas charlas de café con amigos o intensos juegos de cartas y dominó con los vecinos, ejercicios que hacían del envejecimiento, ese lento descenso privado, un acontecimiento público. Pero desde muy chico te había gustado leer, sobre todo libros de ciencia ficción, de aventuras y fantasía, géneros que te alejaban de la rutina para ti prosaica de los cables y electrodomésticos y herramientas. No tenías el tiempo suficiente para hacerlo mientras trabajabas, así que tuviste que esperar a la jubilación y al cobro mensual de un pequeño alquiler para poder concentrarte en la lectura.

Poco antes, en uno de tus últimos trabajos, conociste a Laura. Te llamó desde un pequeño departamento del sur de Jacksonville y fuiste a ver si podías reparar un refrigerador pequeño y terco, totalmente lleno de hielo. Para entonces Laura había cumplido cuarentaiocho, ya había dejado la casa que compartió con Mario y se había mudado al otro lado de la ciudad, cerca de San Marco. Despistada, todavía temerosa, no entendía bien cómo funcionaban los enseres del nuevo lugar, le eran ajenos los cuartos y su disposición, los muebles, los aparatos de cocina. Tú llegaste vestido con una camisa blanca de manga corta y shorts verde olivo ajustados por el cinturón utilitario en el que guardabas desarmadores, cinta aislante, una linterna y varios otros implementos del oficio. Poco después lo dejaste. Sin comprender por qué, en el departamento de Jacksonville sentiste que no podrías separarte de Laura, supiste, mientras arreglabas el termostato del refrigerador, mientras ella te veía hipnotizada y tú le mirabas los ojos tristes, que acababas de cruzar una línea.

Cuando Laura se va te deja en la cama y tú te metes en el baño. Como siempre que se va, desde hace algún tiempo, te sientes culpable y te duelen las rodillas y los brazos por el esfuerzo físico del sexo. Tomas una ducha larga, demasiado caliente, poco satisfactoria, y notas que tienes hambre. Las cosas no pueden seguir así. Las primeras semanas que estuviste con ella la situación te parecía perfecta. Tu divorcio ya se había consolidado, tu ex ya había dejado de ser otra culpa que cargar y hacía mucho que no tenías una mujer dispuesta a dejarse llevar, a seguirte sin mucho aspaviento, así que recibiste a Laura encantado. Entonces todavía te sorprendías y te felicitabas por tu suerte, pero después de un tiempo, después de que el sexo con ella se volviera una actividad incomprensible, las cosas tomaron otro cariz. Le decías vamos, Laura, *let's do this,* después de echarte en la cama de tu casa o del hotel en que hubieran caído, y mientras le metías los dedos Laura comenzaba a chuparte la herida. Pero las cosas no podían seguir así. Por eso has hecho algo doloroso que sin embargo crees necesario, le has dicho que es mejor que dejen de verse por un tiempo, que necesitas espacio para pensar. Cada vez se te hace más clara la idea de que estás aprovechándote de ella y no quieres hacerlo. Porque la quieres. Porque ya eres viejo y Laura se te ha vuelto imprescindible. Y el que te corresponda, esa posibilidad que cada día parece más remota, se te ha vuelto una necesidad. Crees que si pasan unos días apartados, si dejan de verse por un tiempo, es posible que deje de estar contigo sólo por la cosa que tienes en la pierna y que se abra a la posibilidad de algo más normal. Por eso le has dicho que es mejor que se vaya.

A veces, cuando cedes al vértigo del tiempo libre, te das cuenta de que jubilarte y dedicarte a la lectura a estas alturas de tu vida, ya viejo, con poco dinero, en un país que no es el tuyo y en un idioma que pese a los años no logras dominar, es un absurdo, una afección de la edad. Ciertamente podrías seguir trabajando o no harías mal en concentrarte en tu familia, en ayudar en la crianza de los nietos, y sin embargo hay algo en este saberse libre, algo magnético. Sobre todo, no puedes quitarte de la cabeza la idea de que quieres cambiar de vida. De forma tal vez inocente, sueñas con dedicar tus últimos años a los libros y así, con reconectarte con un mundo que tuviste que abandonar en la juventud y del que desde entonces permaneces apartado, como uno de los tantos satélites que en la novela rodean al planeta formando un hálito difuso, una de las muchas estacionesbar que, esperando el choque del asteroide, orbitan la Tierra sin tocarla, alimentándose de los viajeros desesperados que han huido ante la inminencia del desastre.

Ya han pasado nueve meses desde que has oficializado tu retiro y en ese tiempo has leído quince novelas y cinco libros de cuento, y te has visto con Laura tres o cuatro veces por semana todas las semanas, hasta hoy, que le has dicho que tienen que dejar de verse. Mientras piensas en ello, tras salir de la ducha y después de secarte, vestirte y sentarte frente al escritorio, Laura se aleja del edificio y camina lentamente por la calle. Hace sol e imaginas que un viento ligero roza sus párpados y la punta de su nariz. Casi puedes verla: tiene todavía en la boca el sabor ferroso y mineral de tu sangre, y un minúsculo resto de costra pegado al labio superior. Piensas que esa noche, como tantas noches, soñará con el accidente, con la cabeza de su esposo que tras el choque rompe el parabrisas del Chevrolet y va a estrellarse contra la puerta trasera del camión. Mario vuela por el aire en cámara lenta y ella, a pesar de verlo todo, a pesar de la angustia y el movimiento de los brazos, no puede hacer nada, no puede abrazar su cuerpo y detenerlo, no alcanza a decirle que por favor no la deje, que lo quiere muchísimo, que no sabe qué hacer sin él. Luego, cuando despierte, sentirá otra vez, más que nunca, la urgente necesidad de que Mario siga vivo. Laura misma te lo ha dicho, el mundo ha cambiado de forma radical desde el accidente, como si una súbita ingravidez hubiera despojado de peso a todas las cosas, que desde entonces no son sino cáscaras vacías, fantasmas de algo hace mucho extraviado.

Luego de la muerte de su esposo, luego del hospital y los días con la cabeza abierta, Laura se apagó. Se acostaba sola en una cama de sábanas amarillas, la cama que antes compartía con Mario, y se pasaba el tiempo traspirando, atenta a las múltiples pequeñas reacciones de incomodidad de su cuerpo, dando vueltas con una idea fija en la cabeza: necesitaba sentir dolor. Por un tiempo estuvo inmóvil. Iba a trabajar, hablaba con gente y mantenía una rutina más o menos regular, pero no lograba darle espesor a las cosas, dimensiones reales a lo que hacía, como si el golpe contra el tablero del Chevrolet la hubiese privado de perspectiva, de la posibilidad de mantener una vida interior.

Después de algunos meses, en un cena a la que asistió como una sonámbula, conoció a un hombre. No podía quitarle los ojos de encima al gran parche de piel quemada que tenía en la mano izquierda. Esa noche tuvo sexo por primera vez con otro que no era Mario. En un cuarto enorme que hacía de escritorio, de paredes tapizadas con mapas amarillentos y viejas fotografías, Laura se sentó sobre sus rodillas y, mientras lo besaba con rabia, sostuvo la mano quemada y llena de cicatrices y comenzó a masturbarse con ella, concentrándose en sentir la brusca piel, plena de rugosidades, nódulos y grietas. Después conoció a otro hombre, un tipo bajo y sin demasiada gracia que se le había acercado en la cola de un cine para preguntarle la hora. Se quedó mirándolo fascinada. Tenía un enorme labio leporino que le marcaba la cara y le dejaba un boquete, donde había estado la boca, que una sutura quirúrgica no conseguía disimular. Laura le dijo que eran casi las ocho de la noche y luego lo llevó a su departamento, donde se quedó lamiendo el boquete por horas mientras él la penetraba.

Tú fuiste el siguiente. Cada vez que estaban juntos Laura se sentaba dándote la espalda, se llevaba tu pantorrilla a la boca y empezaba a chupártela como si una víbora acabara de inocularte su veneno, desesperada, infantil, haciendo brotar hilos de sangre y previniendo que la herida se cierre. Laura era sólo el cascarón de una persona, una máquina extractora de la que no conseguías sino monosílabos. Tú la dejabas hacer pero cada vez te sentías peor, porque la querías, porque te habías enamorado y sabías que ella seguía estancada con Mario en alguna parte, porque intuías que la única forma de que permaneciera a tu lado era desviando la mirada, obviando el nudo patológico de su añoranza por su esposo y sus obsesiones, su fetichismo. Después de un tiempo, sin embargo, no pudiste seguir. Necesitabas ser algo más que una particularidad física, no querías simplemente usarla. Lo pensaste y repensaste muchas veces y la única salida que encontraste fue pedirle que se aleje.

Tras la partida de Laura, sentado frente a tu escritorio y mientras tratas de concentrarte en la lectura, descubres que a pesar de todo tienes hambre. Abres el refrigerador y encuentras un plato de sopa de zapallo, varias manzanas y dos latas de cerveza. Estás leyendo una novela de ciencia ficción. Crees que has encontrado una historia de una flexibilidad sorprendente en la que, como siempre, te es sencillo proyectar tus preocupaciones. Allí la Tierra está al borde de la destrucción. M.A. 210, el asteroide que se dirige hacia ella, la golpeará con una fuerza de 36.17 millones de toneladas y a una velocidad de 62.300 kph. El evento se espera en cinco días. Mientras tanto, entre aterrorizada y resignada, la gente especula. Hay teorías que sostienen que la Luna se formó hace 4.5 millones de años, tras el choque de un asteroide de un tamaño apenas menor al de Marte con la Tierra. Tras la titánica colisión, en un gesto de cósmica impotencia, enormes cantidades de roca y materia fueron expulsadas al espacio, y con el tiempo y la atracción gravitacional formaron lo que hoy se conoce como Luna. Se especula que algo similar será consecuencia del impacto de M.A. 210, que después de algunos cientos de miles de años un segundo cuerpo celeste, una segunda luna, podría encumbrarse en el horizonte de lo que para entonces será seguramente una Tierra devastada. Algo al parecer profundamente grabado en el ADN de nuestro planeta lo hace propenso a las catástrofes. Como es natural, al descubrimiento de M.A. 210 y al reconocimiento del final inminente de la vida le siguieron primero el pánico y luego la locura, esa guerra desesperada que el hombre libra contra sí mismo a las puertas de su destrucción. Algunos habitantes del planeta, los menos, pudieron salir a tiempo e instalarse en las estaciones y satélites lo suficientemente alejados de la colisión como para no ser afectados por ella, pero lo suficientemente cercanos como para poder contemplarla casi a simple vista. Hay algo morboso e hipnótico en el asunto, algo violento y por eso seductor: ver desde la seguridad de cierta distancia, desde esos bares, hoteles y estaciones en órbita, cómo gran parte de la Tierra es devastada por la llegada del asteroide, como una manzana contra la que se dispara una pistola de alto calibre. Se especula que hay ciertos sectores –quizá algunos lugares cercanos a las Américas– que podrían salvarse de la aniquilación inmediata, pero se sabe que el golpe será devastador y que, en poco tiempo, toda la vida sucumbirá ante la presión y el calor consiguientes.

Mientras terminas la sopa, que has calentado en el microondas, piensas con pena que Laura es una mujer dañada. A los pocos días de conocerse te contó su historia. Había nacido en Argentina pero tuvo que salir tras la crisis de diciembre de 2001. Cuando llegó a Estados Unidos ya estaba casada con Mario y se instalaron en Jacksonville porque pensaron que allí, por la alta presencia de latinos, las cosas les serían más sencillas. Pusieron un restaurante parrillero. No les fue muy bien. No hicieron dinero. No tuvieron hijos. Tú la conociste algunos meses después del accidente, cuando ya era lo que es, una mujer vaciada, incapaz de lidiar con la cotidianidad. Recuerdas bien la escena en el pequeño departamento. Cuando terminaste con el refrigerador le dijiste está listo, señora, *it's seventy-five bucks.* Laura pagó extrañada, necesitada de registrar algo que le devolviera la capacidad de aceptar las cosas del mundo, y sin saber por qué decidiste que debías estar con ella. Salieron varias veces, se conocieron, trataste de que se abriera contigo. Pero la relación no funcionaba. Laura se hacía cada vez más translúcida, difusa, inexpresiva, uno más de los muebles de la casa. *Darling,* le decías, y ella se te quedaba viendo con ojos grandes y te chupaba la herida. Laurita, vamos a cenar, ¿o por qué no vemos una *movie*? Y ella te respondía con un gesto vacío. Laurita, *I bought you these earrings* pa'la fiesta que tenemos donde Torres, y ella con un suspiro te indicaba que no se sentía como para salir. Laura, mi página en blanco, la llamabas, y sentías que el corazón te latía fuerte porque ella era un fantasma, el adelanto de su propia ausencia.

Casi has acabado la sopa. Algunas fibras del zapallo se te quedan entre los dientes pero no te molestas en quitarlas. En lugar de ello, levantas la vista y te concentras en un cielo azul manchado de rojo. Piensas que en la novela ese mismo telón de fondo, ese mismo marco de belleza y fragilidad, precede al cataclismo. Todavía no has terminado la lectura pero anticipas lo que ocurrirá. Poco antes de que M.A. 210 colisione con la Tierra los habitantes del lado oscuro del planeta dirigirán la vista al cielo, en un complejísimo gesto coordinado que obviará todo excepto aquello que se les viene encima, y entonces será primero el color y luego la oscuridad y después la fuerza del viento, un hálito envolvente que parecerá abrazarlo todo, y finalmente las diminutas partículas que preceden al asteroide, pequeñísimas moléculas de materia que caen a la Tierra calcinadas, cenizas de un material extra terráqueo que fungen de heraldos de la destrucción, mensajeros del final de la vida. Después, una vez que M.A 210 impacte contra la superficie, la temperatura subirá a más de 15 mil grados centígrados y del vacío inmediatamente posterior a la colisión nacerá un océano de lava.

Quizás, piensas, en la novela podría haber alguien igual a ti, un hombre ya mayor, un tipo poco interesante. Quizás, incluso, podría haber alguien como Laura, una mujer especial que se mueve a ciegas, alguien que se dedica a chuparte la herida y que al chupártela trata de sacarse un obstáculo de la cabeza, abrir caminos en una infranqueable selva de interioridades, una maleza que no deja espacio a la pena ni al luto y que es necesario reducir a machetazos. Quizás ambos se encuentran, y quizás no, quizás nunca se han visto y entonces la herida o la cicatriz o el tumor en que se concentra Laura es de otro, gente loca que busca refugio en un tiempo en el que el concepto de refugio ya no existe. Así pasan algunas semanas. Le has dicho a Laura que no quieres verla y por un breve periodo te acostumbras a la idea de volver a ser un hombre solo. Lees, ves televisión y tomas cerveza. A ratos te preocupa tu salud así que decides hacer algo de ejercicio, apenas unos cuantos movimientos en las mañanas al despertarte, rodillas arriba, estómago flexionado, brazos tensos, remedos de actividad física que, sin embargo, consiguen adormecer tu sentido de alarma. Pero la televisión, el ejercicio, estar solo, todo es en vano.

Después de un tiempo, cuando te resignas a la idea de que

Laura te es imprescindible, a la necesidad de tenerla de vuelta, te decides a llamarla. En el teléfono acepta rápidamente y casi sin decir palabra tu propuesta de cenar juntos la noche siguiente. Tú te pasas el día arreglando el departamento y tratando de controlar un principio de taquicardia que te tiene preocupado. Cuando la ves Laura está linda y temerosa y la adviertes algo maltrecha. Te duele cuando entra por la puerta de calle e inmediatamente se dirige a un rincón de la sala, como si temiera molestar, escondiéndose detrás de las cortinas que la ocultan de tu vista junto a las luces de la ciudad y el movimiento del tráfico nocturno. Laurita, cielo, *get outta there and come sit next to me,* por favor, le dices, y ella como si oyera llover, como si no estuviera allí o como si estuviera sola, hasta que enciendes la luz y te le acercas, y entonces la tomas de la mano con suavidad y se sientan a la mesa del comedor donde los espera una montaña de espagueti carbonara.

Want some pasta?, le dices con ternura, y ella asiente sin hablar. Te pasa su plato y lo llenas de una masa acuosa y blancuzca en la que no puede distinguirse un ingrediente del otro. Luego sirves otro plato para ti y comen en silencio por un rato. No sabes qué hacer, la situación te sobrepasa, te notas inútil, sientes que el cuarto acaba de llenarse de agua o de quedarse sin oxígeno porque te es difícil respirar. Las palabras, las preguntas, se te agolpan en la boca pero no consigues pronunciarlas. Laurita, *why don't you talk to me?* ¿Por qué no me hablas? ¿Por qué no puedes quererme como yo te quiero? ¿Es por Mario? *Are you still with him?* ¿Por qué no podemos escribir una nueva historia? *Why can't we erase the past?* Terminas de comer sin haber tenido realmente hambre y ves que Laura hace tiempo ha dejado su plato limpio. No tienes más opciones. La invitas a tu cuarto y te resignas, otra vez, al mismo ritual vacío entre los dos, a eso que te pone la piel de gallina y sientes que te aleja de la posibilidad de ayudarla, de hacer que por fin despierte.

En la cama te sacas el pantalón y te sientas sobre las almohadas de la cabecera. *You sure you wanna do this,* Laura? ¿Es necesario? Te mira con expresión ausente. No hay vuelta atrás. Te sacas la venda que te rodea la pantorrilla derecha y te descubres la vieja herida. Al rato sientes el mismo escalofrío de siempre: su boca, de labios anchos y secos, se ha posado sobre la llaga que mantiene abierta hace un par de meses y comienza a succionarla suavemente. Como en otras ocasiones, crees sentir cómo un delgado hilo de sangre empieza a abandonarte y le mancha la lengua y los dientes que se ciernen sobre los bordes de la herida, filamentos de piel morada y amarillenta, rematada a trechos por restos de pus que no llega a coagularse del todo.

Entonces sucede, sientes que algo cambia. Laura está sentada a tus pies y sostiene tu pierna derecha con cara de incredulidad. *What's wrong,* mi amor? ¿Qué pasó? Prendes la luz porque Laura te ha soltado la pierna y porque notas que se incorpora, que te mira con sorpresa, que te dice así no, así no, y que se aleja después de ponerse los zapatos. El corazón te late desbocado y por un momento recuerdas que tienes más de sesenta años, que puede venirte algo, así que cierras los ojos, intentas controlarte y mientras oyes que Laura cierra tras de sí la puerta del departamento respiras con fuerza. Te quedas así por algunos minutos. No sabes qué ha podido pasar hasta que abres los ojos y te miras la pierna. La herida está cerrada. Una fina pero evidente costra te la cubre desde el inicio cercano a la rodilla hasta el fin, varios centímetros debajo, junto al nacimiento del tobillo. Algo ha pasado durante los días que estuvieron sin verse, el proceso de coagulación se ha acelerado notablemente y lo que antes era sangre rezumante, cálida y olorosa es ahora una fina capa protectora que anuncia el inicio de la sanación.

Te duele el pecho y sientes los párpados tensos y pesados, como si un elástico invisible los cerrara sobre tus ojos. Todo ha terminado. De alguna manera sabes que no volverás a ver a Laura. Esa noche M.A. 210 colisiona con la Tierra. A 10 mil metros de distancia es un meteoro de luz, un enorme proyectil incandescente. A mil metros de distancia es una bola de fuego, una intergaláctica señal de exterminio. A cien metros es un gigante ígneo, una masa inconcebible que incinera todo a su paso. A diez metros es el centro del sol, el calor mismo potenciado a un exponente inconmensurable. A diez centímetros, finalmente, ya no es un peligro, ya no es una amenaza. Es el sueño de una mente que delira, la comunión absoluta entre hombre y espacio, que por primera vez se miran, se sienten, se tocan, intercambian piel por piel y fuego por fuego. Es la alianza final de opuestos que sólo puede acabar en silencio.

KEILA VALL DE LA VILLE

(Venezuela, 1974). Es autora de la novela *Los días animales* (2016, International Latino Book Award 2018) y los libros de cuentos *Ana no duerme* (2007, finalista Mejor Libro de Cuentos Concurso de Autores Inéditos Monte Ávila Editores) y *Ana no duerme y otros cuentos* (2016). Suyo es el poemario *Viaje legado* (2016) y el texto bilingüe *Antolín Sánchez, discurso en movimiento: del pixel, al cuadro, a la secuencia* (2016). Antóloga de *Entre el aliento y el precipicio. Poéticas sobre la belleza* en versión bilingüe *(in press),* y co-editora de *102 Poetas en Jamming* (2014). En el 2011 fundó el movimiento "Jamming Poético" y desde el 2015 colabora en Rostros del futuro. Antropóloga (UCV), MS Ciencia Política (USB), MFA Escritura Creativa (NYU), MA Estudios Hispánicos (Columbia University). Colabora en "Viceversa Magazine", Papel Literario "El Nacional", "Prodavinci" y "Cinco8".

Enero es el mes más largo

Comenzaré apuntando tres cosas. La primera: si alguien busca *Breakup Songs* en Spotify, encontrará listas. Varias. No importa si no conoce ninguna de las canciones de la selección. Si está despechado, que elija una y le dé *play*. Sirve. Lo certifico. Te hace sentir mejor, es decir peor, que es lo que dadas las circunstancias se requiere. Escucharlas genera satisfacción. Una canción de ruptura no te dice que lo superarás, te dice que sufrirás para siempre. Y eso es lo que necesitas. El asunto es que a mí llorar me duele en las costillas. Pero ese es otro asunto.

La segunda cosa: enero es el mes más largo. No el más triste. El más largo. Y como suele ocurrir con las relaciones que se extienden más de lo recomendable, es opresivo e imprevisible. Enero es infinito y no lo digo yo, la idea flota en el ambiente. Asomado a la terraza con su taza de café negro en la mano y mirando hacia el cielo, Jose dijo el otro día suspirando:

—Enero, con sus mañanas azules y frescas, y sus sesenta días de setenta y dos horas cada uno.

Dio un trago a su café, suspiró de nuevo, y mirando al suelo regresó a la sala. Esto no lo vi, me lo contó él mismo. Me dijo:

—Esta mañana lo descubrí. Es por esto que no puedo dormir. Es interminable.

Lo imagino a la perfección.

Ana María opinó haciendo referencia a aquella película sobre un día que inexplicablemente no finaliza nunca, que enero es un *groundhog month*. Yo recordé al escuchar su comentario "El ángel exterminador". Me propongo volver a verla, especialmente ahora, que no puedo o no quiero salir a la calle. De esa película solo recuerdo la cena inmortal, la gente despidiéndose una y otra vez sin irse al fin. La llamaré la cena del eterno retorno, esto le gustaría a Ruy y habría que preguntarle, ya que hace poco salió del clóset como escritor esotérico, si siente que hay explicación para este mes exterminador. Gianni, por motivos distintos, publicó en Facebook:

—No acaba nunca. La última vez que me pagaron fue el quince de diciembre. Enero es interminable.

En fin.

La tercera cosa: volviendo a los *playlists* de Spotify. En algún momento, dependiendo de la gravedad del despecho, posiblemente sea necesaria una dosis más seria, una selección musical más especializada. Ahí es cuando en mi caso Maelo, Juan Gabriel, Phil Collins, el Trío Los Panchos, David Gray y Lou Reed se ponen a valer. Que nadie me juzgue: mi *playlist* es ecléctico, puede decirse que mi sufrimiento es versátil. Solo diré que dadas las necesidades particulares a la hora de padecer, buscar las canciones y hacer su propio *playlist* puede ser recomendable.

Una cosa más. Técnicamente la cuarta, y es todo por ahora: no se enyesa una costilla rota, se deja sanar sola, requiere tiempo. Mientras la sanación ocurre, tal como adelanté arriba, no es posible llorar (ni reírse, si alguien quisiera reírse), y salir a la calle nevada (si tales son las condiciones en la calle, que en este caso lo son) es un estrés. ¿Y si me caigo de nuevo? Cuando hay dolor, pensar en el aumento del dolor lo vuelve insoportable. Para esta clase de cosas es útil un mes eterno y nevado. Para sanar costillas rotas, que no requiere yeso pero toma su tiempo.

Eso es todo.

Nos habíamos dejado dos días atrás. Las vacaciones habían llegado a su fin, aunque realmente viajábamos para despedirnos, para reorganizar nuestras cosas, para comprobar que no teníamos ya nada en común e inventariar todas las razones por las que no valía la pena estar juntos. El plan: mudarse cada quien a su apartamento nuevo al regresar del viaje. No más entrar a la ciudad, decirnos *au revoir* y cada quien mudarse a un lugar distinto. Yo a Brooklyn, él al Lower East Side. Obvio, también habíamos elegido los apartamentos antes de viajar y mudado nuestras cosas y yo había incluso estacionado el auto enfrente de mi edificio. Es increíble. Pero es así. Somos bastante ordenados y nos da miedo sufrir. A más orden, menos sufrimiento. Eso nos dijimos. Diré que nuestras casas quedaban cerca. A un río, el East (River) para más señas, de por medio. Exagero: no estaban tan cerca. Las personas con corazones rotos a los que se le suman costillas rotas somos exageradas. Todo es culpa del dolor, y yo, que no puedo tomar analgésicos porque me desmayo, he de sufrir. Ser exagerada es mi destino. Diré que usábamos la misma línea de tren, la B. Diré que las ventanas de nuestros apartamentos se miraban entre sí. A kilómetros de distancia.

Vivir con la misma persona es integrar un mismo sistema y tiene consecuencias fisiológicas muy claras. Hablo de detalles concretos, he estado pensando que a partir del sexto mes alimentándose de lo mismo, o haciendo la misma cantidad de ejercicio, o viendo las mismas películas, durmiendo las mismas horas, o padeciendo las mismas condiciones climáticas, las células de ambas partes comienzan a parecerse. Ambas personas terminan unificándose. El agua de ambos lados del río, digamos. Es la misma. Cuando a él le dolía la cabeza, la cabeza me dolía a mí. No sé dónde trato de llegar con esto.

Nos despedimos el 31 de diciembre. Porque somos así. Donde sea que él esté: yo sé que no ha cambiado. Lo que no supimos aquel diciembre que parece ocurrió hace tres vidas es que la idea era mala, que un año no ha de iniciarse así, nunca. Menos aún un año 2020. Dos cero dos cero. ¿Se entiende? No sé bien qué quiero decir, pero ese número contiene una respuesta. Dos apartamentos, división milimétrica de las pertenencias comunes. Dos cero dos cero. Hay algo allí.

Tal como mencioné, las cosas las habíamos dividido milimétricamente y ubicado en los respectivos lugares de destino. Llegamos al aeropuerto. Tomamos el tren. Llegamos a la estación del metro. Ya que usaríamos la misma línea (se sabe: la B), una vez nuestro tren se aproximó él me dejó subir. Aunque las estaciones de destino fueran distintas, él es un caballero. Despedirnos en el vagón no parecía adecuado. Elegantemente hizo una reverencia, como diciendo: adelante, tú primero. Dijo:

—Adelante. Tú primero.

Eso fue todo. Lo de la reverencia puede que lo esté inventando, soy un poco cursi y exagerada, eso ya lo mencioné, pero se entiende la idea. Nos despedimos. Ahí quedó el andén. Yo intenté mirar por la ventana, la mejilla pegada al vidrio para asegurarme. Que no subiera al mismo tren.

Entré a mi casa con un sofá y una cama (a él le tocó el sofá-cama: no me importa, dijo) y cinco cajas, tres en una torre, dos en otra, que a los lados decían con su caligrafía, la de él, en marcador verde: Cocina. Libros. Invierno. Libros. Adornos. Me senté en el suelo. Conque estas tenemos, me dije. Dije en voz alta:

—Conque estas tenemos.

No respondió nadie. No había eco.

De la caja que decía "Cocina" tomé una botella, una copa y un descorchador de vino que había dejado a mano. Qué hacer. Yo soy así, precavida con las cosas inútiles. Abrí la botella y me serví. Me puse a pensar en algo. Fue entonces que descubrí lo de Spotify. Pensé: ¿Qué haces, Clemen? Me dije:

—Clemen, qué boluda eres. Qué toche. Eres el colmo.

Me dije:

—Te vas a sentir peor.

En tanto abrí la aplicación y le di a *play*. Afuera llovía a cántaros. Eso es raro para el mes de enero. Pero no imposible. ¿Por qué lo sé? Porque nada es imposible. Me di cuenta que faltaba una caja, la que decía fotos y documentos. Tomé las llaves de la mesa del comedor, me asomé a la ventana viéndolo todo blanco, y sin pronunciar palabra (esta vez decidí no hablarme para no escuchar el silencio responder, o lo que es lo mismo aunque parezca contradictorio: para irme acostumbrando al silencio), salí del apartamento en dirección a mi auto invisible, cubierto de nieve. Tomé el ascensor.

Fue así: voy por la caja de las fotos y las cámaras viejas. Algunos documentos de la universidad, cosas inservibles que no me atreví a desechar al momento de su embalaje, y algunas cámaras fotográficas antiguas de mi padre, tenía cien. Cien cámaras antiguas con las que se proponía tomar cien fotografías durante cien días seguidos. Por proyectos así vale la pena estar vivo y sin embargo él murió antes de terminarlo. Cosas que piensas.

Voy así, pensando en esto, mientras camino hacia el auto estacionado en mi nueva calle brooklyniana. Es bueno ver quién has sido a través de los objetos, pienso en tanto. Es fácil ver quién has sido a través de los objetos que has dejado atrás. Algo así pienso mientras me dirijo al auto. Voy con la linterna del teléfono en la mano. Pero la luz no basta cuando el hielo está mojado y se vuelve un patín. Doy un paso en falso, y listo. Aterrizo en una de las bolas de metal del guardafangos de un SUV estacionado justo frente al edificio. Aterrizo allí, de costillas. Me quedo sin aire, sin voz. Pasan varios minutos o el tiempo necesario para que el agua se cuele hasta mi ropa interior, y finalmente, cuando entiendo que nadie vendrá, logro ponerme de pie y caminar sola hacia la puerta del edificio. Subir las escaleras es doloroso y al toser cuando llego arriba, casi me desmayo.

—Me caí.

—¿Cómo?

—¿Dónde estás?

—Con unos amigos.

—Creo que me rompí las costillas.

—Voy.

Así fue que volvimos a vernos antes de lo planeado (que no. No teníamos ningún plan de vernos, obvio: para qué tanta organización). Llegó en media hora. Me tuvo que cambiar la camisa. No supe si sentir vergüenza. No sé qué sentí. También me cambió los pantalones. Sí, y la ropa interior, claro. Todo. No sé qué sentí. Dolor. Nos fuimos al hospital.

Escuchando el *playlist* me digo que nadie nunca se quiere sentir mal. Y con todo y eso, cada vez que paso frente al lugar de la caída, pienso que ahí estaba el SUV estacionado la última vez que lo vi. En la mitad de la cuadra justo frente a este árbol. Cuando subo a la B lo busco a la izquierda y a la derecha y recuerdo aquella tarde, la sensación de mi mejilla pegada al vidrio. Cuando camino por Union Square recuerdo la tarde en la que decidimos separarnos, antes del viaje, antes del regreso, antes de la despedida en el andén, antes de las costillas rotas. Nos despedimos en un banquito. Cantaban los hare krisnas, se me hicieron molestos los hare krisnas. Tomamos la decisión frente a Whole Foods. Nos dijimos que podíamos empezar a ver a otra gente, lo cual es absurdo, porque nosotros no somos la clase de persona que ve a otra gente.

Yo me lo digo: todo lo que vivo es un cliché, es lo más común, desde que el mundo es mundo las personas han abandonado a sus amores, es más, para que llegaras acá, Clemen, mucha gente ha debido abandonar a sus novios y sus novias. Eres el fruto de rupturas de noviazgos improductivos, aburridos, equivocados, violentos, tristes o antipáticos, que un día terminaron para que las personas correctas y eso quién sabe por cuánto tiempo, se encontraran y se amaran y te hicieran venir. Eso me digo:

—No es nada nuevo. Toda la vida. Desde que el mundo es mundo. La gente se ha dejado, con excepción, quizás, de los que aún siguen juntos. Es tan *shocking*.

Nadie responde.

Es contradictorio: no quiero que llame, pero tal vez sí, quiero que llame. Esta relación es la más cursi que he tenido, me digo; es la mejor, agrego; pasábamos toda la noche diciéndonos cosas lindas el uno al otro, caminábamos tomados de la mano, y escuchábamos horas y horas de música. Una canción tras otra. No recuerdo cómo empezó nuestra fase Phil Collins, era un juego, a nosotros no nos gusta ni Genesis. Buscábamos una canción de Phil Collins y la cantábamos moviendo la boca en *mute*. Y nos reíamos. Con el tiempo fue todo menos y menos irónico. Ya no nos daba risa. Entonces nos volvimos fans, tal vez ahí ya nos estábamos dejando de querer. Tal vez Phil fue el anuncio. *So take a look at me now, oh there's just an empty space. / And there's nothing left here to remind me. / Just the memory of your face.*

Durante el mes interminable vi la nieve caer. La ventana cubrirse de blanco. El dolor no desaparecía, y ya se sabe cómo es mi relación con el dolor y lo analgésico (problemática). No puedes darte el lujo de desmayarte en el baño cuando no tienes a nadie. Ya que soy como soy, cursi, decidí llevar el dolor a un nuevo nivel, mis propios *playlists* no eran suficiente. Quería ser una canción, estar dentro de las bocinas, ser eso que generaba el dolor que yo sentía (sin contar las costillas, aunque indirectamente sí, si se piensa cómo y por qué caí, si se piensa en todo, también generaba el dolor de las costillas). Me dije: seré el dolor.

Escribiré una canción patética.

Porque hay palabras que no puedes articular, pero todo lo puedes cantar. Comencé mi investigación. Di con una entrevista a Collins. Phil decía: así escribes una canción de despecho, diciendo las cosas más sencillas, no las más inteligentes. Debes empezar por imaginar algo. Algo sencillo.

Cerré los ojos. Imaginé una situación: mi ex regresaba con una ex novia, una que tuvo antes de mí. En este punto me detuve y pensé nuevamente en 2020. Dos cero dos cero. Hay una señal acá, me dije. No sé qué significa, me respondí. Volviendo a la canción. Imaginé que mi ex decidía casarse con ella, que yo lloraba. El día de la boda se arrepentía y la dejaba en el altar. Corría afuera de la iglesia para encontrarme convenientemente sentada en un banquito que quedaba en Union Square. Técnicamente imaginé el *videoclip*. Entonces visualicé a mi ex escuchando la canción del dolor, mi canción, la canción simple y no inteligente que yo era, cuarenta años más tarde. Me dije que él no escucharía la canción enseguida pero tal vez en cuarenta años sí. Y en esa imagen no aparecía viejo; era más bien un joven con maquillaje de viejo poniendo la canción en un iPhone. Imaginé que la gente se reiría de él por usar un aparato obsoleto. Lo imaginé escuchándola, y dándole a las flechitas de *rewind*, y poniéndola en *loop*. Una y otra vez y una y otra vez, hasta que las lágrimas corrían por sus mejillas.

* Relato inspirado en una historia del podcast *This American Life*.

ALEXIS IPARRAGUIRRE

(Perú, 1974). Es narrador y crítico cultural. Ha escrito los libros de cuentos *El inventario de las naves* (2005) y *El fuego de las multitudes* (2016). Sus narraciones han sido incluidas en antologías de lo mejor de la ficción peruana y latinoamericana. Fue editor invitado de la revista neoyorkina *Los Bárbaros* para su especial de literatura fantástica y ciencia ficción. Cursó el Máster de Escritura Creativa en Español de la Universidad de Nueva York (NYU) y en la actualidad concluye el doctorado en Culturas Latinoamericanas, Ibéricas y Latinas de la Escuela de Posgrado de la Universidad de la Ciudad de Nueva York (CUNY).

"Demonio Atómico" pertenece a su libro *El fuego de las multitudes* (2016). Nueva York: Sudaquia, 2016, publicado originalmente en Lima: Emecé Cruz del Sur, 2016

Demonio Atómico

El símbolo es de él yendo a bailar al garito luego de trabajar ocho horas en el INEA, o solo son las fantasías de la boricua de piernas largas con la que baila que es la Muerte, o es el símbolo del Demonio Atómico que sonea Lavoe en *Todo tiene su final.* ¿Es un símbolo o son palabras sin control? ¿Cuál es el acontecimiento y qué sonido lo duplica como un fondo distante de caverna? Nada evita los pequeños pasos en falso en el garito o no hay defectos. ¿Los timbales a los que no sigue son decisiones o la conga a la que renuncia? Teme que el mismo paso sea un exceso, que salirse de la loseta en que ambos bailan depara un vacío que es una salsa especular, pero contraria, con todos sus defectos como no símbolo de otro no movimiento. ¿Cuál es el fondo de bailar con la Boricua de la Muerte si aguarda el reverso del garito, o su espalda, la máscara que reserva la fantasía diurna del INEA? Ismael Miranda tal vez. Aunque llegar a lo oscuro sin velos de danzar con la muerte en el fondo del garito sea bailar así, diciendo su nombre, con sabor a alcohol y sabiendo que todo susurro es exceso.

De nuevo, sin la mirada de ninguna estructura. O ingenuamente corriendo a través de una cuadrícula donde cada medida es una reduplicación, un exceso de pasos. ¿El movimiento es el síntoma y acaso la variedad de zapatos agitándose es el señuelo del vacío? De otra forma, suponiendo que la comprensión de cada figura de fantasía aleja a Magnus del final de los únicos pasos cuyo sonido no oye, ¿es su símbolo intercambiable por la historia que susurra a la Boricua de la Muerte? Siempre le ha susurrado desde que llegó. El INEA en ese otro extremo del bronco paso del Demonio Atómico. No hay un cambio de manos o un vaho de perfume turbio, mientras las miradas quizás suturan una distancia plagada de medias voces. La loseta que estructura los pasos es Larry Harlow o Johnny Pacheco. Y una torre de caderas y de humo que simula la continuidad de un vacío que crece entre las manos de Magnus y la Boricua de la Muerte.

Aunque la loseta y el humo sean otra reduplicación más sofisticada entre la multiplicación de símbolos que cancelan cualquier salida al instante o el sitio de la misma disposición del baile para el giro o el paso que no es giro ni paso. Aunque fuese otro impedimento más fantástico aún, cuyo fin fuera darse a fondo en la pura víspera de cualquier disposición para girar y su impulso, sin anuncio y sin la más mínima posibilidad de que fuese un paso ahí, un antes sin continuidad con cualquier ademán, pero que era el movimiento sin Magnus ni la Boricua, el que contenía a la salsa entera, como cuando el humo en la oscuridad no sujeta nada. O imaginar, como a veces lo hacía él, que su combinación de caderas y loseta nacía de una casi inminencia que era como no nacer, y arrinconaba sus pasos y vueltas y quitadas de caderas desde la oscuridad múltiple sin ninguna silueta, incrementando la inercia del giro o la cadera con la misma y simultánea necesidad de los posibles nacimientos de pasos no efectuados, hasta que la posibilidad de pensar pasos sobrepasase la probabilidad de plantear cualquier cuadrícula, que colapsaría sin pasos por todos los pasos por hacerse, como la oscuridad inicial sin señales, y que todo fuese posible y verdadero.

Entonces, el INEA es el punto de partida y el garito y su alcohol y su población de cuerpos sudados son el punto de llegada, y él se libera del nudo de la corbata, como del descapotable y el viento de los treinta y cinco kph reglamentarios por las calles. Era precioso hundirse en los garitos del centro, en su música igualitaria, en su oscuridad para pensar en la pura rapidez circundante. Ahí los nuevos burócratas se liberaban del almidón y de los modales de antesala que les habían enseñado los viejos en las ceremonias del oficio. Ahí ardían en el tuétano del aguardiente. Magnus escogía bailar en vodka. Flexible, ágil, delicioso. La boricua era firme, un fortín impreciso de hálitos y carne, como él a la vuelta de la mano y del meneo. La escalada de caderas lábiles, encantadas. Lo satura el ímpetu alcohólico y las congas de Montalvo que pendoneaban hacia un remate atlético. De inmediato, conferenciaba, reprendía, hablaba del INEA, manoteaba, perdía su chaqueta, cimbreando con la cabeza, fogosa y húmeda. Nada es exceso.

El INEA va por dentro. Es un pasillo largo con otro en ángulo de noventa, matemática ingrávida donde la fisión es mínima. Casi una pecera de acuario minimalista. Él mismo controla la pileta donde los materiales fisibles precedían a la danza de la misma materia en su quantum y en su antesala de baile acotado a perpetuidad por agua pesada, por la coaptación del empaque de grafito, de las paredes de la caja de plomo, el bozal para que la fuga gamma de la pileta del núcleo fuese apenas un espejismo de la física de Bohr. Magnus casi no despliega en el agua sus tenazas como si de otro modo fuese a efectuar un movimiento pactado en la oscuridad húmeda. No baila con el núcleo atómico de 25 watts, no si el ansia era regular el límite de la acotación misma hasta el enésimo decimal en el confinamiento de los imanes, los materiales fisibles para siempre en el equilibrio de los campos, la contención tan sutil como el mismo quantum de energía, la solución elegante del mismo baile, una danza de invisibilidades envolviéndose. Pero la cuadrícula de los pasillos, la cuadrícula del edificio dentro de la ciudad quizás volvía agua a los imanes, quizá licuaba las matemáticas en su cabeza y agradecía por el descanso que le daban el plomo y el empaque de grafito.

Solo a un paso del puro movimiento, fue cuando le dieron el diagnóstico de la enfermedad por alcoholismo del tipo autoinmune. Conocía la anatomía del cerebro como una casa simple y matemática. Había estudiado la físico-química de los neurotransmisores cuando hizo neurociencias como un ademán oscuro hacia la física y el territorio de una libertad acaso abstracta. Tuvo miedo porque sabía qué era una lesión cerebral inespecífica y degenerativa. Una manera de licuarse que no era en fortín de caderas, ni en cuadrícula invisible ni equilibrio de campos magnéticos para esquivar, ni en la oscuridad de la pista de baile del garito, ni en los pasillos que hacen ángulo de noventa grados, ni en la luz de la pileta con agua liviana del INEA. Un titileo de síntomas vagos antes de quejarse, pero ocupando su ademán de vacío, mucho tiempo antes de las lesiones fingidamente lustrosas de la tomografía computarizada que el médico le enseña en un movimiento, que siempre es antes, sin continuidad de cualquier movimiento de la boricua o suyo. El aire quemando en una cara insensible, tal vez como el confinamiento entre dos imanes, un escalofrío mientras le sucede el ojo inmóvil, una mano insensibilizada, la espalda cubierta de transpiración fría, la respiración como la de un buzo. Quiso volver al garito, cuando el médico habló de más exámenes, como de una vuelta no negociada y apresurada a los brazos escurridizos y las manos tendidas de la Boricua de la Muerte, pero se encontró con que los dedos no apretaban, acosó los sonidos entre los pensamientos, indiferenciados, como si entrase exaltado a un salón vacío. Cuando volteó, el médico le dijo que se tranquilizase, que era común: en esa enfermedad, como en otras neurológicas, la memoria se perdía primero, el contenido de las palabras se iba. Y, en un punto indeterminado, incluso las emociones y los pensamientos que interpelaban su nombre o la palabra yo. Le recetaron tiamina y el internamiento inmediato en cuidados intermedios. No quiso creerlo. Pensó que era envenenamiento con isótopos por su trabajo en el reactor, pero ninguna prueba de radiación dio positiva. Lo tenía grabado a conciencia: deterioro del mundo, de él y la muerte. Bebió y bailó hasta el amanecer, consternado en la temperatura del vodka, y manejó imitando el viento de los 35 kph reglamentarios que lo conducía del garito al INEA. Pero no podía fingir el placer de la autenticidad. O del alivio. La verdad perdía cualquier asidero a las palabras, puro humo, el mundo se iba empequeñeciendo, y tiritaba helado viendo avanzar el daño a cada minuto: hemorragias en las córneas, sequedad en el esófago, confusión, escozor anal; despertaba con taquicardias, deglutía con dificultad. Hecho un andrajo de sudoración y excitabilidad, volvió donde el médico, que vocalizó una etiqueta para compaginar lo que no lo soltaba, pero no oyó más que galimatías herméticos, ni siquiera el alivio del silencio.

Entonces, la fantasía de la Boricua de la Muerte no es una opción sino una pura antesala de la dureza sin sentido de lo que no tiene símbolo. Los pequeños pasos en falso no son defectos buscados sino necesidades del acontecer en su desnudez. No sigue a los timbales voluntariamente. Porque más hipnótico y voraz es anticipar el compás que se encuentra en el paso de la Boricua de la Muerte, y que ella amplíe, en el envión del giro, el territorio de la mera posibilidad. Teme que salirse de la única loseta, en el que las caderas y los pies encuentran su balance de combinaciones y órbitas con centros movedizos, lo instale de golpe en el inverso de la pura necesidad, en el no símbolo que cancela el baile, y que lo mate. ¿La fantasía de la Boricua de la Muerte no es el punto en que se abre el exceso, como los campos de gravedad donde orbitan el garito y el INEA, apenas condiciones que palpitan en el seno de la contingencia, armónica, múltiple y contrapuntística de Magnus y la boricua? ¿O es el rugido del Demonio Atómico, de la pileta de materiales fisibles, que crece y crece en su cabeza como un globo y concibe la totalidad de la vida en un parto de distancias hiperbólicas, la longitud sensible y simbólica de toda la gravedad conjugándose?

La estructura surge entonces de la mera oposición entre el movimiento efectuado y el omitido, la distancia de uno mismo por encontrar el quantum proximal que sea el movimiento completo de la salsa, el que incorpora los movimientos como la respiración misma y, entre ellos, los sitios hipotéticos a los que no les cupo ni ademán ni vacío, pero que se expanden como la variación contingente y recursiva de los quanta imaginables entre dos movimientos que, en efecto, ocurren, y entre sus perfiles tumultuosos se configura una multiplicación de símbolos de ningún modo prescindible en su contraste vociferante. Es el primer trombón de Willy Colón que esparce la suntuosidad de los metales mientras las manos se tienden en el meneo inscrito en la loseta que por un instante es toda loseta posible, el furor simbólico que engloba y dilata la pura condición de los cuerpos convulsionando la mínima distancia combinable entre las manos y los alientos. La altura de las congas de Cardona que son la bóveda de un cielo oscuro sobre un corazón sonoro. El trombón de Mato que corre tras la luz del bronce de Colón para suplir sus vacíos, y teje con él una trenza de metales arrebatadores que es una catarata deslumbrante y un estrépito lóbrego. Ni un isótopo desquiciado en la pileta del reactor que los imanes no confinan es más bello. De otra forma, suponiendo que cada movimiento produce en el seno de su intersticio la multiplicidad de los símbolos simultáneos y las voces que simbolizan la misma danza que multiplica la variedad de los instrumentos, ¿es apenas el universo un suplemento del baile, o un mero símbolo de este cuando Lavoe sonea *yo sabía que un día iba a acabar*?

La idea es mantener un símbolo simple. Mantenerlo dando vueltas como un átomo de hidrógeno en medio del silencio hasta entender que delimita y permite un adentro y un afuera. También un a través, pero eso vendría luego. El psiquiatra le dijo que sostuviera un símbolo distinto de la más indistinta oscuridad y persistiera en ese vacío todo cuanto pudiera. Lo hizo durante un tiempo incontable, que no podía referir, porque apenas si mantenía con esfuerzo la idea simple del símbolo. El emparejamiento con el átomo elemental fue una asociación tardía, aunque no tanto como la figura firme, veloz y húmeda de la Boricua de la Muerte adelantando con cada paso su disponibilidad a violentar cualquier fantasma, suplemento, a la falsedad de una cuadrícula de cuerpos y modales e historias que daba a cada sitio su nombre y su revés. Entendió que el psiquiatra entendía que la tiamina había conseguido mantenerlo en equilibrio en un punto de límite entre la pura inconsciencia y una comprensión que permitía una gramática elemental. Con los signos vitales en orden, le indicó el ritmo de su propio pensamiento, aunque nunca se podía aseverar hacia qué lado del borde se volcaba la concepción de la pura forma. La identidad del yo se consolidó en torno del símbolo, como si fuera este un océano y él fuese un espíritu flotando sobre las aguas. La ironía implícita de la imagen, que provino de algún suplemento que emitió la oscuridad indiferenciada lo indujo a reservar la metáfora, pero entendió una paradoja de los movimientos en su más auténtica víspera: ¿cómo se da el paso del abismo al sentido? ¿Qué línea o gravedad atrae a un no espacio, sin salida de sí mismo, a expandir su forma y su negación en un espacio así entendido por el simple hecho de su disponibilidad a hacerse distinto del puro vacío? ¿Cuál la solución de continuidad, una vez que el símbolo definiese cuál era su adentro y su afuera, sus complementos y sus suplementos, para que su multiplicación no ocultase que era un simple límite y no se volviese el más intenso obstáculo para distinguir lo que era símbolo de lo que no lo era? Al psiquiatra se lo planteaba siempre como bailar salsa porque no tenía mejores o peores metáforas, esa o la de la humedad, la presencia del espíritu sobre las aguas, que también podía ser la del sudor cálido de los bailarines en el garito con los burócratas y las boricuas, determinando sus adentros y sus fueras, sus equilibrios y sus contoneos. El psiquiatra señalaba que la suspicacia frente al símbolo era un ademán defensivo frente al trauma imaginario de la gramática cercenada que no podía recordar, pero sí figurar como una castración que lo devolvía a una orfandad sin atenuantes. Magnus replicaba que manejar una sola idea de símbolo, en el límite de la conciencia, lo predisponía a criticarlo con mayor intimidad y descaro. El psiquiatra señaló que la salsa era un ejemplo que se prestaba con demasiada facilidad a la proliferación de metáforas indecisas por su propia complejidad como lógica de un movimiento que se inventa en el hacerse como el lenguaje mismo. Que la salsa era la manera de denunciar el evento traumático del despojo de la gramática porque era otra suma de símbolos y movimientos que se formulaba como sucedáneo para la negación en la que, no obstante, se empleaba también como forma de figuración desviada del objeto perdido. La salsa era el deseo de violencia figurativa de la multiplicidad simbólica que no se admitía, sentenciaba. A veces, Magnus se inclinaba a darle la razón, pero otras a dudar, sobre todo esto último cuando recuperaba porciones completas de su memoria, pero advertía la distancia como de costura no suturada entre el símbolo y el punto ciego desde el que este se desplegaba, o nacía sin nacer, una pura víspera que la lógica del lenguaje o la de la danza situaba antes del paso o del símbolo y, no obstante, quedaba cerrada en su multiplicidad por la cuadrícula infranqueable del simbolizar o por la necesidad de moverse en una sola dimensión. En este ejercicio que era puro ocultamiento o suplemento de la experiencia no mediada, Magnus encontraba una forma de falsedad, pero el psiquiatra le decía que el símbolo era la moneda de la memoria, que solo podía conocerse desde el punto del símbolo, ocultando y enseñando lo que acaece en puras palabras, y no en su evidencia que el lenguaje o la salsa íntimamente borroneaban. Magnus se oponía de plano no solo porque entendía que los números de Bohr eran un contacto directo con los símbolos como evidencia sin exceso de lo real, sino porque la paradoja de símbolo o mundo, múltiple cerco simbólico o indeterminación, la plena conciencia o el mundo de lo múltiple ilusorio le parecían paradojas revisitadas, como la del axioma que predicaba la existencia de un punto siempre entre dos puntos y, por tanto, la imposibilidad del movimiento, puesto que para avanzar siempre se interponía un punto al medio infinitamente. Pero el bailarín, primero que nadie, sabía que eso solo era posible si uno se quedaba quieto, si uno se limitaba a añadir las *n* dimensiones en las mismas nociones de verticalidad y horizontalidad, si uno no rompía la cuadrícula creando un mundo distinto a cada paso con sus múltiples y efímeros centros de gravedad. Entonces era como simbolizar y, al mismo tiempo, poner fin a todas las diferencias tirando de las manos de la boricua, en el feroz cruce de humores de los cuerpos, para que no medien ni siquiera el nombre ni las horas.

La solución era abolir el símbolo. Imposible. La solución era situarse un instante previo a la lógica misma de la simbolización. Cómo, quiso saber el psiquiatra, si ya tenía toda la lógica de la simbolización imbuida desde que nació. El múltiple puro solo puede aparecer en situación de vacío, dijo Magnus, tomando una mano de la Boricua de la Muerte y aceptando su velada predisposición. A qué te refieres, el psiquiatra frunció el ceño y lo observó con inocultable sorpresa por la sofisticación que adquiría el razonamiento. El problema no es sino uno mismo, obligado a simbolizar, siguió Magnus, pero puede evitarse si se modifica la modalidad en la que el múltiple no simbolizado acaece en el mundo. ¿Eso qué significa? Y la boricua abolió la horizontalidad. Modificar la contextura de la naturaleza misma. Y la boricua lo mira entre incrédula y dispuesta a que nada calme el frenesí de la danza. ¿Y cómo se hace eso? No sé si se pueda, pero, sustrayendo gravedad con electroimanes, el tiempo y el espacio cambian de consistencia, pero si hay algo, se mantendrá de una forma desconocida. ¿Lo crees realmente? Tengo los números y las variables gravitatorias para conseguir un estado alterno decimal bajo la situación de un núcleo atómico fisible. ¿Eres consciente de que estás evadiendo la tarea de recuperar tu memoria? ¿Que lo que dices una vez más niega y muestra el trauma doloroso de perder toda la memoria y que incluso puede ser consecuencia del desorden de los sentidos ocasionado por tu dolencia? Claro que lo considero, pero si lo múltiple incondicionado acontece en este mundo, su condición es el vacío porque solo tenemos símbolos, pero si lo podemos rescatar como una singularidad, como un evento fuera del mundo, es como bailar una salsa sin pensarlo, es como apropiarse sin apropiarse de otro cuerpo porque se le compone y apropia sin mediación, no como un fantasma o un símbolo, no como vemos todo.

Entonces, la loseta y el humo son condición del abrazo de la boricua y Magnus o solo la mera anticipación de un gesto como una cuadrícula que los funde en una fatalidad avisada que ninguno de los dos evita o anticipa. Ni el clamor de las voces oscuras que aprieta el humo ni el eventual aullido de la voz del cantante en la pieza de salsa los turba en el lance arracimado y violento de la fuga de todos los instrumentos, como Magnus se fuga entre luces mal coreografiadas de un sanatorio con medidas de seguridad escasas, entrometiéndose como aviso en el sueño del psiquiatra que piensa, como contingencia, que la mejor orden es que lo busquen en todas partes, pero sobre todo en el INEA o en el garito. Convenientemente tarde, se le ocurre la posibilidad imposible, pero si la demencia alcohólica da para tanto. La salsa se ejecuta como una combinación de taconeos y desplantes en una loseta como si fuera el universo. Igual las patrullas están por ahí, pero Magnus tenía todos los permisos y a nadie se le ocurrió antes quitárselos. Se instaló en la sala de las tenazas y, entre miradas de rabillo al número de enésimos decimales que debía equilibrar, desmontó parte de la pileta y expuso las varillas de uranio y plutonio a los ondulantes campos magnéticos de los electroimanes. Solo fue su impresión pero entre los gritos de los vigilantes alertados por el exceso de luces y de corrientes fluyendo a la zona del reactor vio el agua liviana de la pileta titilar y desaparecer. Con los imanes distorsionando el contínuum tiempoespacio y el psiquiatra que decía no puedes ni siquiera imaginarlo, abrazó, por fin, a la Boricua de la Muerte y la cruzó en un ocho espectacular que ella le devolvió con limpieza en un remolino de los flecos de la minifalda. *Viene el demonio atómico y te va a limpiar,* sonea Lavoe, una línea que pocos recuerdan en *Todo tiene su final,* anticipando una descarga de vientos y timbales que es puro movimiento en la pista repleta como una cuadrícula. Mientras menean las caderas a toda velocidad, Magnus grita: "¡Estoy sano!"

OTRAS PUBLICACIONES DE
ARS COMMUNIS EDITORIAL

don't cry for me, *América*
Antología de escritores argentinos en Estados Unidos

El exilio voluntario
CLAUDIO FERRUFINO COQUEUGNIOT

El Monstruo Mundo
AZUCENA HERNÁNDEZ

Pertenencia
Narradores sudamericanos en Estados Unidos

Play
LUIS ALEJANDRO ORDÓÑEZ

La fatalidad de la gallina
MARTHA CECILIA RIVERA

TRASFONDOS
Antología de narrativa en español
del medio oeste norteamericano

Rojo sobre blanco y otros relatos
FERNANDO OLSZANSKI

WWW.ARSCOMMUN.COM